부익하는 단어들

혼돈과 모순의 향연 그리고 한 잔의 시

부의하는 단어들

최인호 글·사진

이것은 철학 책도 시집도 아니다. 아무것도 아니다. 이름을
얻지 못한, 얻지 못할 어떤 것일 뿐이다. 그러나 아무것도 아닌 것
을 아무것도 아닌 것으로 볼 수 있는 사람들에게는 이것이 아무것
이 될 수 있을 것이다. 동시에 아무것도 아닌 것에 익숙하지 않은
사람들에게는 이것은 정말 아무것도 아닌 것이 될 것이다. 따라서
나는 이것이 아무것으로 인식된다면 기분이 좋을 것이며 아무것
도 아닌 것으로 홀대받아도 역시 기분이 좋을 것이다.

질서의 선로에서 탈선해 부유하는 단어들은 자신의 문장 안
에서도 혼돈스럽게 부유하고 있다. 이런 혼돈이 거추장스럽다면

이것을 쓰레기통에 던져버려도 상관없으리라. 하지만 만약 부유하는 단어들의 방향 없는 떠돎이 반갑다면 자신의 눈을 찌르는 송곳으로 사용해도 괜찮으리라.

철학과 시는 죽고 해석만 살아 있는 현실 속에서 나 역시 철학도 시도 쓰지 못했다. 하지만 분명한 사실은 이 책 속에서 부유하고 있는 단어들은 결코 해석 쪽을 기웃거리지 않았다는 것이다.

차 례

세
상
아
래

내 것은 없다

사막

"열흘간 우리는 어디를 갈 거지?" 나는 소년에게 물었다. "아마도, 사막을 그냥 헤매거나 방황할 겁니다." 소년은 대답했다. "그냥 방황할 거라고?" 나는 놀라서 소년에게 되물었다. "목적지도 없고 지도도 없다고?" 나의 목소리가 약간 흔들렸다. "사막은 길이 없어요. 그리고 매일 지형이 바뀌고 오아시스도 거의 없기 때문에 목적지를 갖는다는 것은 의미가 없어요." 소년은 나를 안심시키려는 듯 말했다. 하지만 나는 쉽게 납득이 가지 않았다. "그래도 어느 정도의 목적지와 계획은 있어야 하는 것 아니니?" 나는 다시 물었지만 소년은 낙타 등에 우리가 먹을 식량과 물을 싣느라 나의 말을 귀담아 듣지 않았다. 하지만 이내 소년은 조용히 대답했다. "사막을 제대로 품고 싶으면 그냥 사막처럼 열린 방향대로 혹은 별이 유혹하는 곳으로 걷기만 하면 됩니다. 목적지는 오히려 우리를 표류하게 만듭니다." 소년은 웃으며 한 마디를 덧붙였다. "목적지가 없어야 다시 돌아올 수 있어요."

우리는 커다란 파도 위를 항해했다. 목적지는 없었다. 아니, 목적지를 갖는다는 것은 소년의 말처럼 허망한 짓에 불과했다. 대신 정해지지 않은 방향만이 내 앞에 고스란히 열려 있었다. 만약 목적지에 집착했다면 우리는 오히려 길 없는 바다 위에서 방향을 잃고 표류했을 것이다. 길 없는 곳에서 길은 길을 만들지 않는 것이다. 내 마음속에서 길이 사라지자 나를 끈적이게 만들었던 그 많던 욕망들도 어디론가 사라져버렸다. 내게 남은 건 멀미와 더위가 만드는 육체적 괴로움뿐이었다. 그런 나를 이끄는 것은 목적 없는 무방향성의 방향이었다. 바다는 나에게 자유를 줄 수 있을 것이라는, 그래서 모래보다 나를 가볍게 해줄 것이라는 생각은 심한 착각에 지나지 않았다. 나는 먼 바다 위에 한 송이 장미처럼 피어 있을 것 같은, 하지만 결코 존재할 수 없는 섬의 유혹에 빠졌던 것이다. 달을 잉태하는 섬, 그곳이 내가 찾던 보물섬이 될 수 없다는 걸 알게 되었다. 길 없는 바다 위에서 그곳을 찾는다는 것은 얼마나 위험한 짓인가. 그것은 배를 집어삼킬 듯 달려드는 파도를 보지 못하게 만들고 암초의 손짓에 아무 의심 없이 다가서는 것과 무엇이 다를까? 유난히 빛나는 그 별이 제시하는 방향으로 지도를 버리고 천천히 항해하는 것만이 언젠가는 도착할, 어딘가에서 누군가를 기다려야 하는 운명의 섬으로 갈 수 있는 유일한 길일 것이다.

바다는 움직이지 않았다. 하지만 파도는 일정한 간격으로, 산만 한 덩치로 우리의 뱃머리에 부딪쳤다. 하지만 파도는 부서지지 않았고 배도 흔들리지 않았다. 다만 정적인 것을 견디지 못한 나의 영혼만이 흔들릴 뿐이었다. 나의 속을 가득 채우고 있던 것들이 그 흔들림에 떠밀려 끝없이 입 밖으로 쏟아져 나왔다. 나의 속은 비어

갔다. 나는 충분히 배고팠고 고통스러웠다. 허기가 나를 자유롭게 만들었다. 토해낸 것들, 그 음흉한 형상들이 파도에 떠밀려 빠르게 내 곁에서 사라져갔다. 내게 남은 건 오직 한 가지, 죽음이 무엇인지에 관한 상념뿐. 그것은 자유임이 분명했다. 만들어진 방향성들, 칡뿌리처럼 엉켜버린 그 길들에서 벗어나 방향성을 상실하는 것, 동시에 모든 방향성을 얻는 것은 죽음과도 같은 자유였다. 나는 배를 세웠다. 그리고 잎 푸른 나무를 찾았다. 비 한 방울 내린 적 없다는 이 바다 한가운데서 잎 푸른 나무를 찾는다는 것은 얼마나 우스운 일인가. 하지만 나는 그들이 내뿜는 신선한 공기를 마시고 싶었다.

나는 배에서 내려 바다 위에 누웠다. 구름은 보이지 않았고 하늘은 투명했다. 빛깔들은 어디론가 모두 사라졌고 공기들은 실신해 있었다. 화려하고 다양한 빛깔에 익숙해진 나의 눈은 이곳에서 눈이 될 수는 없었다. 볼 수 있다는 것, 그것은 색이 주는 차이의 인식이었다. 하지만 이곳 하늘에는 색을 가진 그 어떤 것도 존재하지 않았다. 모든 것, 아니 모든 것이라 명명할 수 없는, 형체와 색을 가지고 독립적으로 존재하는 것이 전혀 없는, 그래서 모든 것 혹은 무엇이라 말할 수 있는 것이 전혀 없는 이곳은 투명 그 자체였다. 무엇이라도 보고 싶다는 하찮은, 욕망 같지 않은 욕망마저 일었다. 하지만 내가 볼 수 있는 건, 눈을 감아야 볼 수 있는 나의 상념들뿐이었다. 투명한 바다 위로 허망한 나의 생각들만 허공에 매달려 흔들리고 있었다. 목적 없는 방황 끝에, 오랜 표류 끝에 나의 생각들은 색깔과 형체가 없는 것들로 다시 태어났다. 투명한 나의 생각들이 알몸으로 바다 위를 떠다녔다.

시간이 얼마나 흘렀는지 알 수 없었다. 동일한 리듬의 변화는 변화가 아닌 것처럼 변화를 인식할 수 없는 이곳에서의 시간은 정지한 것이나 마찬가지였다. 유일한 이동체인 태양이 사라지거나 별빛이 차가워질 때에만 우리는 시간의 흐름을 짐작할 수 있었다.

섬은 종착지가 아니다.
그것은 길 끝에 있는 것이 아니라
길 없는 곳에 있기 때문이다.

시간이 흐른 건 분명했다. 나를 기다리던 섬이 멀리서 반짝거리며 나의 시선으로 들어왔기 때문이다. 먼저 도착한 배들이 무거운 짐들을 섬 주위로 풀어놓았다. 섬은 모든 것을 받아들였다. 나를 비롯한 뱃사람들의 술주정 같은 이야기들에 빠짐없이 고개를 끄덕였다. 욕망과 권태 사이를 오갔던 나의 시간들도 무거웠던 짐을 내려놓았다.

길 없는 곳에서 우연히 만날 수 있는 곳이 섬이다. 방향성을 가진 길은 결코 섬에 닿을 수 없다. 섬은 모든 것, 모든 길로부터 단절되어 있다. 따라서 섬은 목적과 방향이 사라진 곳에 우연히 나타났다 신기루처럼 사라진다. 섬은 다시 돌아갈 수 있는 곳이 아니다. 만약 다시 돌아갈 수 있다면 그곳은 섬이 아니다. 돌아갈 수 있다는 것은 방향성, 곧 길이 생긴 것을 의미하기 때문이다. 그래서 섬은 현실적 욕망에 갇힌 사람들에게는 허망해 보이는 전설 속 장소일 뿐이다. 하지만 길 없는 길을 가는 이들에게는 우연성에 의해 만날 수 있는, 하지만 아직 발견되지 않은 신화의 공간이다. 나의 목적 없는 항해가 만든 우연성, 그것이 나를 이 섬에 닻을 내릴 수 있게 했을 것이다. 하지만 섬은 종착지가 아니다. 그것은 길 끝에 있는 것이 아니라 길 없는 곳에 있기 때문이다.

다음날 나는 그 섬을 떠났다. 목적지는 없었다. 낙타의 방울 소리가 앞서갈 뿐이었다.

사 막 의   섬

나는 기억의 언어를 끌어안고
바다의 외로운 젖가슴
너에게로 간다.
조용히 너에게 입을 맞추면

예민하게 너의 가슴은 떨고

망각의 속도로 달아났던 아담이

빼앗긴 그림자를 달고

아롱의 배를 저어 온다.

나의 뜨거운 눈물은

또 다시 너에게 떨어져

하얀 포말이 일렁이는 너의 육체 위로

떠돌던 별들이 헤엄을 친다.

그 밑바닥 중심에서

익사한 내 영혼의 시체들이

아가미를 벌렁거리고 있다.

끝나지 않는 사막의 나르시스에 갇힌

고독한 낙타여.

너의 귀에 담아 온

먼 파도 소리를

스러져가는 이 섬에 풀어놓아라.

나는 기억의 뿌리를

그녀의 가슴에 심으련다.

몸

7월 이집트, 카이로. 더위가 살아 움직인다. 더위가 공기를 밟고 생선처럼 파닥거리며 여기저기 튀어오른다. 사람들의 시선은 둔해졌고 나무들마저 무거운 햇볕에 가지를 중력에 맡긴다. 하지만 더위의 존재와 상관없이 낡은 건물을 망치로 연신 부수고 있는 저 아저씨의 두 팔. 그는 살아 있다. 그의 몸짓은 쾌락적이기까지 하다. 그는 내가 머물고 있는 게스트하우스를 보수하고 있는 막노동자이다. 나는 나도 모르게 내 손에 든 물병을 아저씨께 건네며 말했다. "이렇게 더운데 힘들지 않으세요? 쉬었다 하세요." 아저씨는 "할 만합니다. 이 정도는 괜찮습니다"라며 잠시 후 내게 되물었다. "당신은 부자인가 봅니다?" 나는 그의 뜬금없는 질문에 당황했다. "왜 그렇게 생각하세요?" "이 뜨거운 여름에 당신의 몸이 하는 노동이란 숙소에서 다른 사람의 노동을 관찰하면서 시원한 물을 마시는 것뿐이니까요." 순간, 나는 노동자에 대한 미안함으로 그 자리를 벗어날 수밖에 없었다. 하지만 그 노동자의 몸에 가득 배어 있던 땀방울과 냄새에서는 벗어날 수 없었다. 그의 노동은 나의 중심으로 들어와 깊게 박혔다. 하지만 그의 몸은 여전히 나의 바깥에 고단하게 존재하고 있다.

　나의 몸은 타자들의 여백이거나 바깥이다. 하지만 동시에 나의 몸은 그 여백이나 바깥의 중심에 존재한다. 즉, 있음과 없음 또는 여백의 경계인 몸은 그 자체로 나와 타자의 실존적 증거가 되며 동시에 불확정적인 존재이다. 몸의 구체성은 나와 타자 모두에게 감각적으로 존재하지만, 몸 그 자체는 항상 인식적으로 존재하는 것은 아니다. 즉, 감각적으로 존재하는 몸일지라도 인식적 판단으로 인해 있음과 없음의 경계를 넘나들 수밖에 없기 때문이다. 몸은 세상 그 자체이기도 하다. 몸은 세상을 형성하는 공간이면서 공간을 차지하는 비공간적 실체이다. 즉, 몸은 단순히 영혼 혹은 감각을 담아내는 '공간'으로서만 존재하는 것이 아니라 몸을 둘러싸고 있는 바깥을 향해 모든 방향으로 열려 있는 실체인 것이다. 따라서 몸은 규정된 그래서 닫힌, 어떤 구상적 존재와는 다르다. 몸은 모든 방향을 포기하면서 동시에 모든 방향으로 열려 있는, 하지만 특정한 방향으로 달려가는 실존이다.

몸의 바깥을 향한 열림, 실존적 증거로서의 방향성은 '노동'이다. 노동은 몸의 타자이다. 즉, 노동은 몸에서 나오지만 몸 그 자체는 아니며 몸의 바깥에 존재하는 다른 몸과의 관계를 맺거나 경계를 긋기 위한 몸의 타자인 것이다. 사람들은 몸 그 자체를 보는 것이 아니라 몸이 만들어내는 사람들의 노동을 보고 그것을 통해 '타인의 몸'을 재구성하여 인식한다. 결국, 노동이 갖는 성격 혹은 노동의 권력적 지위에 의해 몸은 재구성되고 달라지면서 '감각되

나의 몸은 타자들의 여백이거나 바깥이다.

하지만 동시에 나의 몸은 그 여백이나 바깥의 중심에 존재한다.

는 몸'과 '인식되는 몸'으로 재탄생하는 것이다. 몸의 타자에 지나지 않았던 노동이 몸의 방향이나 성격을 결정하는 주체로서 몸을 지배하는 주인이 되어버린 것이다. 따라서 누군가 그의 몸 바깥으로 향하는 노동을 갖지 못한다면 타인들은 그의 몸을 인식할 수 없게 되고, 타인의 인식에서 그의 몸은 부재하지 않는 것이 된다.

우리가 인식하고 있는 타인도 타인이 아니라 '타인의 노동'이다. 노동은 몸의 바깥, 여백의 중심으로 향하는 주체의 역동적 이탈이면서 동시에 다른 몸들이 나의 몸으로 진입하도록 유인하는 행위이다. 다시 말해 몸의 타자인 노동이 타인과의 관계를 향해 나아가거나 타인의 관계적 욕망이 자신에게 향할 수 있도록 길을 열고 있는 것이다. 따라서 고독과 소외가 두려운 인간들에게 노동의 부재는 절망이자 실존의 한계가 된다. 곧 노동의 부재는 관계의 단절이며, 몸의 부재, 동시에 모든 방향성이 닫힌 상태인 것이다. 반면에 고도로 추상화된 노동은 공간과 시간의 거리를 초월하여 모든 방향으로 누구에게든 침투한다. 그리고 타인에게 자신의 몸의 존재를 망각하게 만드는 동시에 타인의 몸을 지배한다. 이런 초월적 노동은 추상성이 높을수록, 감각적으로 쉽게 포착할 수 없는 노동일수록 타인을 지배할 수 있는 권력 역시 강해진다. 보이지 않는 혹은 이념화된 신이 구체적이고 분명하게 형상화된 인간을 지배하는 것처럼 말이다.

인간의 노동은 여기에서 저기로 혹은 지금에서 미래로 끊임없이 이동하려고 한다. 이동하지 않는 노동은 죽은 노동이며 그런 몸은 결국 '감각되는 몸'으로 전락하게 된다. 과거는 몸이 직접 이동할 때만이 노동을 함께 창출할 수 있었다. 그래서 몸과 노동이 분리되어 이동하거나 존재할 수 있다고 생각하지 못했다. 하지만 지금은 몸과 노동이 분리되어 몸보다 노동이 멀리 자유롭게 이동하는 시대로 변했다. 결국, 노동이 부재하거나 몸과 노동이 분리되지 않는 '감각되는 몸'은 유목 시대의 몸으로 남아 있는 것이며 '인식되는 몸'은 그의 노동과 함께 노마드nomad적 삶을 살고 있는 것이다. 아인슈타인과 마르크스의 노동이 시공간을 초월해 우리에게 인식됨과 동시에 존재하지 않는 그들의 몸도 우리는 인식할 수 있게 된다.

하지만 '감각되는 몸'은 노동의 부재로 인해 타인에게 인식되지 못하면서 공간 상실의 위협을 느끼게 된다. 실존적인 것들, 즉 '인식되는 몸'들의 공간 확장에 의해 점점 소멸되어가는 자신의 공간이 사라지지는 않을까 하는 공포에 휩싸이게 되는 것이다. '감각되는 몸'은 그의 공간이 점점 사라지면서 타인의 그림자 혹은 타인의 노동이 미치지 못하는 여백 속에서만 위태롭게 존재할 수 있게 된다. '감각되는 몸'은 여백의 확장과 타인의 상실로 인해 자신의 몸을 실존하는 것으로 증명할 어떤 것도 가질 수 없다. 결국, '감각되는 몸'은 '존재'가 아닌 '존재자'가 될 뿐이다. 즉, 타자와의 관계 안에서, 타자와 '나'의 존재를 인식하는 한에서만 몸은 실존할 수 있는데, '감각되는 몸'은 타자의 부재로 인해 타자와 '나'를 인식할 수 없는 '존재자'가 되고 만 것이다.

우리는 자신의 실존을 증명하기 위해 오늘도 노동을 한다. '감각되는 몸'으로 변하는 것을 죽음으로 간주하는 세상 때문에 노동을 멈출 수가 없다. 하지만 역설적이게도 '인식되는 몸'으로의 진입 혹은 확고한 공간의 점령은 불행을 동반한다. '인식되는 몸'은 오로지 타자를 향한 '노동'으로서, '나'를 향한 '노동'을 방해한다. 이것은 노동이 '나'의 실존적 본질로서의 '주체성'을 발견할 수 있는 최적의 수단이라는 사실을 망각하게 만들기 때문이다. 즉, 노동의 방향을 '나'에게 전환한다면 나의 존재 공간도 사라지고 '감각되는 몸'으로 전락할 수밖에 없다는 사실에 대한 두려움 때문이다. 하지만 노동의 방향이 타자가 아닌 '나'에게 전환되는 순간, '나'를 노동의 대상으로 삼는 순간, 나의 몸은 노동의 타자가 되고 나에게 '인식되는 몸'으로서의 대상이 된다. 비록 '나'의 몸이

나의 것임을 증명해주는 타자와 밖으로 향하는 노동으로 얻어질
수 있는 관계성은 어디에도 존재하지 않을지라도, '나의 몸'은 나
의 것으로 실존하게 된다.

불 안

밤이 새벽으로 기어들기 전에

그가 먼저 별들을 끌어내려

호주머니에 구겨넣었다.

퀴퀴하게 찌든 냄새가

터줏대감으로 앉아 있는 인력 매장에는

하나둘씩 모여드는 낡은 구두 소리가

새벽보다 먼저 창문을 두드린다.

깡마른 눈빛, 가늘게 흔들리는 호흡

벽돌 하나 질 수 없을 것 같은

휘어지고 여린 등.

차라리 팔리지 말아야 옳다.

하지만 오늘은 사는 자로, 내일은 팔리는 자로

외줄 위를 살아가는 십장의 연민이

낚시로 홀치듯 그의 불안을 건져올렸다.

한 꾸러미에 꿰어 팔려간 공사장은

금가루가 풀풀 날리는 더위 속에

가쁜 숨들이 어지럽다.

그는 벽돌 대신 눈물보다 진한 막걸리를 연신 날랐고

어제도 팔린 그들에게 다시 팔려갔다.

저물도록 토해낸 욕망의 주검들은 폐기물로 쌓여

공사장의 어스름이 그것들을 실어다 버렸다.

내 것 하나 남지 않은 그림자를 걸치고

터덜터덜 옥탑방을 오르는 그의 한숨 소리에

밤벌레의 울음소리가 손을 내민다.

괜찮다고, 괜찮다고

거세된 욕망을 다시 부르고

팔려간 불안을 끌어안은 채

그 속에서 편히 쉬라고

그래, 그의 불안은 오늘처럼 팔려야 옳다.

사 랑

11월 31일. 여기는 고도 2,700미터의 베트남, 고산지대 소수 부족 블랙흐몽 마을. 주소도 이름도 없는 마을에 나는 해가 질 무렵 도착했다. 원시 부족 여인들이 화려한 꽃처럼 하나둘 내 곁에 모여들었다. 그녀들의 머리 장식과 화려한 빛깔의 옷들은 금방 사진 속에서 튀어나온 듯 신비하고 아름다웠다. 나를 둘러싼 여인들은 알아들을 수 없는 많은 말을 쏟아내며 혹은 저희들끼리 깔깔거리며 즐거워했다. 어떤 처녀들은 멀리서 낯선 나의 모습이 신기한 듯 훔쳐보다 나의 눈과 마주치자 얼굴을 붉혔다. 아마도 외지인이 거의 찾지 않는 이 오지 마을에 나의 방문이 신기해서일 것이리라. 나는 순수한 그녀들의 웃음에서 나의 첫사랑을 다시 만났다.

그 여인들 가운데 한 처녀는 나에게서 시선을 떼지 않은 채 연신 미소를 지었다. 나는 그녀에게 왜 웃냐고 물었다. 하지만 그녀는 나의 말을 알아들을 리 없었다. 그저 미소만 보낼 뿐. 그런데 그녀가 나의 왼팔에 있던 팔찌를 발견하고 그것을 자신에게 달라고 했다. 그녀는 그것이 마음에 들었던 것이다. 그 팔찌는 어제 다른 부족 마을의 코흘리개 꼬마에게 산 것이다. 비싸지는 않지만 나에게는 의미 있는 팔찌였다. 하지만 나는 벌써 팔찌를 풀고 있었다. 그녀의 기분 좋은 미소에 나의 심장을 판 것이다. "우리 마을에서는 아무 처녀에게나 팔찌를 선물하지 않아요"라며 몸으로 설명했다. 그러자 처녀는 연신 미소를 지으며 알 수 없는 말을 남기고 그녀의 오두막으로 사라져버렸다. "저는 언덕 너머에서만 피는 한 떨기 꽃이요, 당신은 저 멀리서 날아오는 화살입니다."

사랑은 위험의 다른 말이다. 사랑이 위험한 건 욕망이 타자를 소유의 대상으로 변화시키고 비이성적인 눈으로 완전성을 추구하기 때문이다. 우리는 욕망이 충족되는 순간 그것이 함께 죽는다는 것을 모르고 있다. 즉, 욕망으로 타자를 지배하는 순간 사랑도 사라지게 되는 것이다. 사랑은 불완전하고 위험하기 때문에 영원성을 가진다. 마치 일정한 궤도를 돌던 별을 강제로 나의 궤도로 끌어당기거나 혹은 나의 별이 궤도를 이탈하여 다른 궤도로 무작정 뛰어들어 두 궤도 모두에게 무질서와 충돌 혹은 파괴의 공포를 준다고 해서 그 별들이 사라지지 않는 것처럼 말이다. 우리가 중력에 저항하면서도 중력의 존재 안에서 살아갈 수밖에 없듯이 우리는 사랑의 파괴적 위험에 이끌리면서도 그 속에서 살아갈 수밖에 없는 존재들이다.

특히 사랑의 위험성은 이성의 밖에서 더 강하게 작동하는 동물적 감정의 절제 불가능성의 상태에 뿌리를 내리고 있다. 평상시 이성은 나를 지배하고 나와 타자를 구별해가면서 세상을 만들고 유지시켰다. 하지만 사랑이 오는 순간 이성은 포효하는 감정에게 주인의 자리를 내주고 동시에 세상도 포기하고 만다. 사랑하는 주체와 대상에게 그들 이외의 것들은 더는 존재하지 않는다. 그래서 사랑은 공간과 시간의 흐름이 제거된 순간성에 갇히게 된다. 사랑은 유일한 공간으로서의 절벽에 그들의 발을 위치시킨 채 어둠이 오고 겨울이 닥치는 것에 관한 감각적 기능을 마비시킨다. 사랑은 주체를 대상 밖의 소리에 침묵하게 만들고 세상을 향하던 주체의 시선의 방향을 하나의 대상, 사랑하는 이에게만 고정시킨다. 그래서 사랑은 사막 위의 고독한 장미처럼 자신도 모르는 가시, 다른 것들이 접근할 수 없는 무서운 독을 동시에 품는 행위이다.

하지만 사랑은 결코 대상을 사랑하는 것이 아니다. 그래서 더 위험하다. 사랑은 나의 거울에 비친 대상을 나의 모습으로 혹은 나만의 방식으로 사랑하는 나르시스의 파괴적 결말을 내재하고 있다. 즉, 종이에 뚫린 바늘 구멍으로 상대의 한 부분만 보면서, 상대의 눈 혹은 입술과 나의 눈이 은밀하게 마주쳤을 때 우리는 그것이

저는 언덕 너머에서만 피는 한 떨기 꽃이요,

당신은 저 멀리서 날아오는 화살입니다.

우연적이며 그 모습이 타자의 아름다움 혹은 본질이 아니라 나의 거울이 만들어낸 나의 모습임을 모르는 것이다. 이성이 감정 밖으로 밀려난 상태에서 어떤 것도 꿈이 되지 않을 수 없으며 사랑 또한 꿈이라는 사실을 인식하기 힘들어진 것이다. 그런데 그 꿈은 사랑의 주체가 욕망의 이미지 또는 무의식적 무지를 불어넣어 만든 풍선이나 거품 같은 것으로서 언제든 쉽게 터질 수 있는 불완전하고 위험한 상태이다. 우리가 어떤 대상과의 일치성을 갖고 있거나 특정 범위 안에서 공존할 때 '나'와 대상을 객관적으로 인식할 수 없듯이 우리는 사랑을 하는 동안 '나' 그리고 대상과의 일정한 거리를 확보하기 힘들기 때문에 자신이 나르시스적인 사랑에 빠져 있다는 사실을 인식할 수 없는 것이다. 상대방의 눈동자 속에 나 자신이 들어 있으며 그것을 내가 바라보고 있는데도 말이다.

그런데 이런 나르시스적 사랑, 자신의 거울에 비친 상대방을 자기화하려는 욕망은 '판단'의 오류를 동반한다. 즉, 사랑은 대상이 아름답다고 여겨질 때 시작되는데 그 아름다움의 기준이 나의 거울이다. 그 거울은 나르시스의 연못과 같은 것이기 때문에 바람이 불면 일렁이고 구름이 지나가면 어두워져 그 속에 비친 형체를 제대로 파악하기 힘들다. 판단의 기준이 모호해지는 것이며 그것은 평상시 내가 확신했던 '나'와는 거리가 먼 또 다른 나의 모습들, 고요한 호수에 비친 나의 모습이 아닌 흔들려 일그러지거나 뚜렷한 무언가를 보여주지 않는 불명확한, 인지하기 힘든 나로 나타나는 것이다. 결국 거울과 판단이라는 사랑의 조건이 상대방과 나를 혼란 속에 가둔다. 사랑하는 동안 수백 번 흔들리는 거울의 표면은 수백 번의 다른 판단을 가져오고 그것은 상대방과의 갈등을 불러일으킨다. 결국 사랑은 파괴의 신, 타나토스에게 굴복당하고 만다.

하지만 에로스, 사랑은 타나토스와 싸우는 과정 그 자체이지 어떤 완성된 아름다움의 종착점에 이르는 것이 아니다. 거울과 판단이라는 기준을 버리고 자신의 심연, 거울의 표면이 아닌 더 깊은 뒷면에 숨어 있는 나의 본질과 나와 상관없이 존재하고 있는 상대방의 아름다움을 발견해가는 과정이 사랑인 것이다. 그래서 사랑은 더 위험해져갈 뿐이다. 거울과 판단은 이성인데 그것이 사라진다면 그것은 미치광이와 다르지 않기 때문이다. 나와 상대방은 하늘의 구름처럼 언제든 변할 수 있는 존재라는 것, 그래서 둘이 만나는 순간 비가 되고 눈이 될 수도 있다는 것, 혼란 그 자체를 즐기고 있는 것이 이성의 바깥에만 존재하는 일방향의 도로 위를 무섭게 그리고 맹목적으로 질주하는 자기 파괴의 행위라는 것을 사랑하는 사람들은 결코 알 수 없다. 어쩌면 사랑은 이처럼 신도 악마도 두렵지 않은 인간으로 살아가는 것, 조금씩 나와 상대방을 죽음 혹은 삶의 파괴적 시간 속으로 이끌어가는 은밀한 에너지일지 모른다. 하지만 두려워 마라. 사랑하는 이들에게 이런 위험은 절대 보이지 않으니 말이다. 만약 위험이 보인다면 그들의 사랑은 이미 종착점에 다다른 것이다.

오 월

온통

세상은 사뿐거리는 봄 처녀의 걸음

치맛자락의 울렁이는 유혹인데

나는 창가의 모과처럼

향기롭게 썩어가는 오후.

양귀비의 입술인 양

타오르는 꽃들이어

오월의 한스러운 꽃들이어

그대들이 뿜어낸 치명적인 빛깔들

숨 막히듯 밀려드는 매혹의 공기들

어느 것 하나도 너희 곁에 머물지 못하고

춤추는 나비들의 날갯짓 속으로

꿀만 탐하는 벌들의 입술 위로

빨려들어갈 뿐.

아 ! 살랑거리는 봄 처녀의 걸음

도대체 누구에게 가는 것일까 ?

술 취한 나의 단어들은

노을마저 사라진 시 속을

정처 없이 비틀거리고 있는데…….

소 녀

7월의 로마. 나는 게스트하우스를 찾다가 길을 잃었다. 작은 시골 마을이라 그런지 이정표가 없었다. 내게는 지도도 없었다. 그냥 '포세이돈'이라는 이름밖에는. 몇 시간을 걸었는지 알 수 없다. 내가 알고 있는 건 단 한 가지, 목마름으로 나의 목이 불처럼 타고 있다는 사실뿐이었다. 당시 내게 깨끗한 물 한 방울은 신화 그 자체였다. 포세이돈의 삼지창이 바위에 꽂혀 그것을 뽑아내는 순간 세 개의 가느다란 물줄기가 솟아올라 레르네의 샘을 이루었다. 그 거친 바다의 신 포세이돈은 많은 물을 가지고 있으면서도 왜 샘물이 필요했을까? 그가 소유한 바닷물은 휘몰아치는 파도를 만들고 배를 파괴하는 남성적 힘에 지나지 않았기 때문이리라. 따라서 그에게 절대적으로 필요한 것은 한 방울의 맑은 물이었으리라. 그것도 순수하고 투명한 처녀의 미소를 닮은 물. 거친 남성의 바닷물로는 풀 수 없는 뜨거운 갈증을 해소시켜줄 처녀로서의 샘물. 내게도 그런 물이 필요했다.

남성성으로 가득 찬 세상에 혹은 거친 남자들에게 불안의 얼굴을 감추지 못하는 그대. 얼마나 아름다운가. 그대의 불안은 세상의 불행과 거짓, 시기와 질투를 아직 모른다는 것을 분명하게 말해주고 있는 것이지. 그대가 거울을 본다면 거울은 부끄러워할 것이며 그대가 짓지 않은 미소가 불안 속에서 꽃으로 피어 있는 것을 볼 수 있을 것이네. 그대를 사람들이 몰래 훔쳐본다면 그대의 불안에 자신도 모르게 빠져들거나 혹은 투명한 거울 속으로 그것을 깨지 않고는 들어갈 수 없다는 절망감에 주저앉고 말 걸세. 또 그대가 아름다운 건 가늘지만 흔들리지 않고 버티고 서 있는 그대의 다리 때문이기도 하지. 그대의 다리는 운동으로 단련된 어떤 격투기

선수의 다리보다 강하며 튼튼하네. 아무리 용감한, 다리가 그대의 몸통보다 두꺼운 사내도 그대 앞에서는 가는 나뭇가지처럼 꺾이기 때문이지. 하지만 그대의 다리는 어디에도 흔들리지 않을 걸세. 그대는 세상의 부조리와 조우하거나 혹은 바라본 적도 없기 때문이지. 사람들의 굵은 다리가 그대를 보고 흔들리는 건 툇마루에 번들거리는 기름때처럼 굳어버린, 그래서 자신의 본질이 가려진 부조리의 노예가 되어버렸기 때문이네.

'와!'라는 소리와 함께 순간적으로 사라지는 유성처럼 그대는 하얀 흔적만 남기고 어디론가 사라졌네. 우연이라도, 아니면 신의 은총이 내게 내려져 그대를 만날 수만 있다면 나의 시간은 정지함과 동시에 영원성을 가진 채 그대의 시를 쓸 것이네. 아프로디테의 가슴에서 태어난 그대여. 하지만 그대는 프시케보다 가벼운 영혼을 가졌네. 중력을 무시하듯 새털처럼 날아오르는 그대의 가벼움. 나의 작은 호흡으로 그대를 들어올려 나의 심장 속으로 맞이하고 싶네. 그대는 현실의 무게, 소유와 경쟁의 논리를 처녀의 부끄러움으로 비웃고 있네. 어떤 것에도 명료하지 않은, 그래서 경계를 가지지 않는 무한한 투명성과 자유가 공상과 꿈으로만 이어지는 그대. 만약 그대가 아주 작은 눈빛이라도 내게 보낸다면 나는 나의 욕망을 들켜 몸을 떨 것이네. 하지만 모순적이게도 나는 깨지 않는 꿈 속에 그대의 눈빛을 영원히 가두고자 할 걸세.

바다의 짙음보다, 아침 이슬에 잠을 깬 장미보다 싱싱한 그대여. 사랑을 모르는 그대여. 하지만 모든 이의 사랑이 지향하는 끝, 모든 이의 사랑을 소유할 수밖에 없는 그대여. 그대의 달콤한 입술은 사랑에 관해 침묵하지만 사랑밖에 모르는, 사랑에 갇혀 허기져 가는 사람들에게 그대의 모습은 신처럼 숭상 받고 있네. "명령할 수 있는 권리는 미인들에게 주어진다. 특히 그들 중 신의 형상과 같은 미모를 가진 사람이 있다면 마치 신과 같이 숭배를 받을 것이다"라는 소크라테스의 말처럼 그대의 미, 순수함은 신성화되었네.

숲 속의 요정이 그대에게 이별의 키스를 하며
낯선 세상에 처음 내놓은 그 싱싱함이 그대에게서 파닥거리네.

신비스러울 수 없는 절대적인 것들이 철저하게 소외시킨 순진하고 작은 것들로 오히려 그대는 그대의 풍성한 가슴을 만들었네. 숲속의 요정이 그대에게 이별의 키스를 하며 낯선 세상에 처음 내놓은 그 싱싱함이 그대에게서 파닥거리네. 그대의 싱싱함, 즉 순수함은 부분이 전혀 없는 전체로서의 하나이기 때문에 부분으로만 존재하는 우리를 거부할 수 없는 은밀함으로 끌어당기네.

그대의 순수함이 발하는 싱싱함, 그것은 나를 젊어지게 하네. 육체적이며 감각적으로 다가온 그대의 순수함이 나의 늙어가는 영혼과 관습적 더러움에 한 방울의 빛으로 떨어져 내리네. 폭포처럼 수직적으로만 쏟아져 내리던 나의 인위적 도덕과 '물질로서의 선善'은 그대 앞에서 힘을 잃고 부서져버렸네. 나는 젊어지는 것이리. 복잡하고 어지러운 불순성 혹은 혼탁함은 안개 걷히듯 사라지고 투명함 속으로 태양이 빨려들듯 그렇게 나의 젊음은 돌아오네. 무가치한 것들의 힘에 너무 빨리 동화되고 정복되어 나의 싱싱했던 젊은 꿈들은 흐름을 상실한 채 고인 물처럼 악취만 풍길 뿐이었지. 그대를 만나기 전에는. 한 방울의 투명하고 싱싱한 물이 눈부신 빛을 발하는 동시에 모든 빛과 실체를 흡수하듯이 그대의 순수함은 한 방울의 투명한 물방울이 되어 나를 흡수하고 내게 싱싱함의 빛을 발하고 있네. 물방울이 한 줄기 빛을 빨아들여 무지개의 빛을 뿜어내듯이.

나의 그대여. 나의 소유가 아닌 이미 나를 소유해버린 그대여. 너무나 풍요로우면서도 아무것도 가진 것이 없는 모순의 그대여. 나는 자유로운 그대를 소유하고 싶네. 하지만 내가 그대를 소유할 수 없는 것은 그대가 나의 소유가 되는 순간 그대는 자유를 잃고 부끄러움을 잃어버리기 때문이네. 동시에 나 역시 그대를 잃게 되는 것이지. 내가 사랑한 것은 그대의 풍성한 자유와 얼굴에 붉게 피는 부끄러움이었으니 말일세. 그러니 나는 그대를 영원히 소유할 수도, 그대와 가까워질 수도 없는 거리를 두고 견우와 직녀처럼 그리워하며 살아가야 하는 운명이네. 그래도 그대를 포기할 수 없다면 나는 그대를 이 세계가 아닌 다른 세계, 절대적인 것이 없는, 경계가 없는 세계로 데려가야 할 것이네. 또는 그대를 나의 상상 속으로 데려가기 위해 나는 나를 잊어야 할 것이네.

4 월 의   눈 꽃

저 멀리, 하늘이 가깝다.
그 언저리에서 덜컹거리는 창가로
달려오는 하얀 유혹.
기차의 숨소리도 차오르고
들뜬 내 심장 위로
신神들의 은밀한 향연이 흘러든다.

한겨울 눈 덮인 산 속엔

눈꽃이 피지 않는다.
푸른 잎들이 떠받치지 않는 꽃은
꽃이 아니듯이
온 산이 붉은 들꽃으로
흐르는 녹음으로
몸살을 앓는 4월의 끝에서
하늘이 가까운 그곳에서만
신들이 축제를 벌이는 그곳에서만
눈꽃은 핀다.

봄의 소리에
모두들 영혼이 눈멀었을 때
겨울의 추억에
아무도 시선을 주지 않을 때
神들은
고독한 이들의 상처를 위하여
나비의 너울거림에

눈물을 흘리는 이들을 위하여
달의 노래를 빌려
밤보다 빛나는 하얀 음표들을
가지마다 매달았다.
반짝이는 새벽
태양은 가늘고 긴 손가락을 뻗어
바람의 絃을 당겨
'사르르, 사르르' 눈꽃의 잠을 깨운다.
눈꽃의 합창을 듣는다.

아! 깨질듯 투명한 노래 소리
눈부신 순수함의 조각들.
4월을 홀로 걷는 이들에게
이 얼마나 황홀한 위안인가?
눈꽃은
신들의 향연, 눈꽃은
겨울에 피지 않는다.

나

7월. 여기는 인도의 아그라. 나의 눈앞에 보석보다 더 화려하게 빛을 발하는 것이 나타났다. 타지마할, 이 아름다운 반달의 보석은 역설적이게도 무덤이다. 이 속에는 무굴제국의 황제 샤자한과 그가 사랑한 왕비 뭄타즈 마할의 육신이 함께 묻혀 있다. 그들의 육신을 보러 가는 길은 천상에라도 온 듯 신비롭다. 길고 곧게 늘어선 연꽃 모양의 수조가 길을 만들고 그 사이로 분수가 만드는 무지개가 쏟아져 내린다. "당신은 이곳에 왜 왔소?" 타지마할 내부에 들어가기 직전, 신발을 담아 갈 비닐봉지를 파는 노인이 내게 불쑥 물었다. "예?" 나는 무언가 잘못 들었나 싶어 되물었다. 그러자 노인은 뼈만 남은 손으로 봉지를 내밀며 다시 물었다. "왕비를 사랑한 샤자한의 마음은 어디에 있다고 생각하시오?" 당황한 나는 아무 대답도 못한 채 노인만 바라보고 있었다. "그 마음은 당신이 이곳으로 걸어온 길 위에 있으니 묘지 안에서는 찾지 마시오."

죽음은 육신의 종말을 의미하는가? 그렇다고 답해야 한다면, 육신과 죽음은 하나여야 한다. 그렇다면 육신을 거처로 삼았던 자아는 어디에 남았을까? 아니면 육신과 함께 사라졌을까? 아니다. 어디에 남은 것도 사라진 것도 아니다. 자아는 더욱 커져 우리 앞에 현신現身한다. 자아는 육신에 거처했지만 육신의 세계에 산 것은 아니다. 육신이 대상의 집합체로서의 물物의 세계에 하나의 대상으로 존재했던 것이라면 자아는 무한의 세계에 존재 없이 존재했던 것이다. 하지만 육신이 쇠퇴하면서 자아는 더 분명하게 우리 앞에 나타나고 자아의 세계 또한 물의 세계를 포용하면서 물의 세계를 하나의 구성체로 받아들인다.

다시 말해, 나이가 들어 육신이 점점 작아져갈 때 자아는 상대적으로 점점 깊어지면서 초점화된다. 격랑으로 인해 보이지 않았던, 하지만 밑바닥을 흐르며 강물의 방향을 지배했던 심줄이 가뭄으로 인해 마른 강에 그 모습을 드러내는 것처럼 말이다. 그런데 완전히 말라버린 강바닥에 한 줄기 물방울도 남아 있지 않았다면 자아도 함께 사라진 것이 아니냐고 묻고 싶을 것이다. 하지만 자아는 물질物의 세계에서 물질들이 존재하는 방식으로 존재하는 것이 아니기 때문에 물질의 세계에서 대상을 인식하는 방식으로는 현신하는 자아를 볼 수 없다. 동시에 자아는 바라봄의 대상물로 존재할 수도 없기 때문에 지각하거나 인식하는 것은 불가능하다.

우리의 자아는 두 개의 세계 속에 살고 있는 것이며 그 속에서 우주의 먼지가 되거나 혹은 우주를 품는 무한이 되는 것이다. 따라서 죽음은 육신이 발을 얹어놓은 물질의 세계, 하나의 구성체가 사라지는 것이며 동시에 볼 수 없었던 자아의 세계를 드러내주는 거울이 되는 것이다. 따라서 우리는 죽음을 만나거나 육신을 망각할 때만이 자아와 만날 수 있게 된다. 영웅이 죽음을 맞이했다고 해서 역사나 의식 속에서 사라진 것이 아니라 더 강하고 분명하게 우리의 현실을 지배하고 있듯이 말이다. 그렇다면 사라지지 않은 자아는 어떤 존재 방식으로 나 혹은 타자들에게 현신하게 되는 것일까?

그것은 '나'와 '타자'의 모습이다. 만약 '자아'가 '나'를 통해 드러난다면 그것은 나의 것이 아닐 것이다. '자아'는 오직 타인 혹은 타자의 움직임을 통해서 확인될 수 있기 때문이다. 즉, 육신이라는 거처를 잃은 자아는 나무 혹은 새와 같은 자연물로 나타나고 육신과 함께하고 있는 자아는 타인의 육신으로 현신한다. 육신을 잃은 자아는 나뭇가지가 바람에 흔들리거나 여름에 녹음이 짙어가는 현상, 낙엽이 떨어지는 움직임을 통해 타자들에게 정서적 반응이나 행위를 유발시킨다. 반면에 육신과 함께 존재하고 있는 자아는 나의 말과 행동에 반응하는 타인의 행동과 정서적 흔들림에 내재해 있다.

물水을 한번 뚫어지게 바라보자. 과연 무엇이 보이는가? 현미경으로 아무리 자세히 보아도 혹은 화학적 방식으로 분해한다고 할지라도 우리가 볼 수 있는 것은 아주 작게 나눠진 또 다른 물의 형태이거나 물의 구성 원소에 지나지 않는다. 결코 물의 자아(본질)는 볼 수 없다. 물의 자아는 물이 우리의 시선에서 사라지면서 나무의 줄기로 흘러 잎을 푸르고 넓게 만드는 형상이나 인간의 육체적 활동을 가능케 하거나 목마름을 해소해주는 것에서 확인할 수 있을 따름이다. 즉, 물水의 자아는 나무의 성장과 변화를 일으키거나 사람의 움직임을 이끌어내는 요소인 것이다. 따라서 물의 자아는 물 밖에서 찾아야 하며 그 어떤 타자의 움직임도 나의 자아와 무관하지 않는 것이다. 이처럼 자아는 나의 것이지만 결코 내가 소유할 수 있는 것이 아니다.

자아는 공간과 실체를 초월한다. 따라서 '나' 의 육체라는 공간에는 나의 '자아' 가 들어설 자리가 없다. 그런데도 사람들은 자신의 육체 속에 자아가 존재할 것이라는 착각 속에서 자신의 육체에 과도하게 집착한다. 이것은 혹여 자신의 '자아' 를 잃어버릴까, 아니면 나의 자아가 타인에게 고스란히 드러나 보이지 않을까 하는 두려움 때문이다. 그래서 인간들은 자신의 육체 바깥, 타자를 보지 못한다. 결국 자신의 자아를 잃어버리고 만 것이다. 분명, 나의 자아는 나의 바깥에 존재한다. 그렇다면 나에게 감각되는 것들 중에서 나의 자아가 아닌 것이 어디 있겠는가? 구름의 머릿결을 매만지는 저 바람은 나의 기분 좋은 자아요, 소리 없이 떨어지는 꽃잎은 나의 우울함의 자아며, 나의 미소를 외면하는 저 여인의 눈빛은 내가 낯선 이를 대할 때 나도 모르게 내비치는 차가움의 자아임이 분명하다.

'나도 나의 마음을 모르겠어' 라는 말, 그것이 나의 자아가 어

'나'의 육체라는 공간에는
나의 '자아'가 들어설 자리가 없다.

디에, 어떻게 존재하고 있는지 깨달을 수 있는, 나의 시선을 바깥으로 돌릴 수 있는 시작점이다. 샤자한이 아내를 사랑한 마음, 그의 가장 본질적 자아는 그의 주검 속이나 그의 영혼 속에 존재하는 것이 아니다. 오히려 그와 상관없어 보이는 그의 바깥, 그의 마음을 닮고자 이곳을 찾는 많은 사람과 나의 발걸음 속에 있을 뿐이다.

나

나는 밖으로 떠났다. 아주 멀리
문은 어디에도 없었다.
나의 안쪽이 끝나는 곳에서
시간의 바깥을 만났다.
그곳엔
자작나무 숲으로 날아든

잡초가 음란하게 자라고 있었다.

독이 든 잡초는 익숙하게

나의 손등에 입을 맞추었다.

겁에 질린 나는

뒷걸음질 치다 사막의 모래 늪에 빠져

허우적거렸다.

선인장의 가시들이 스멀스멀 기어와

내가 그랬듯이

나의 심장을 전갈처럼 물어뜯었다.

붉은 피는 낡고 지친 골목 틈으로

흘러들어

뻔한 감정들을 어제처럼 산란했다.

나는 밖으로 떠나왔다. 아주 가까이

시간의 안쪽에선

거울이 나를 기다리고 있다.

하지만, 거울 속엔 내가 없다.

음란한 잡초와 피 묻은 선인장

뻔한 감정들이

나를 쳐다본다.

나무

7월의 노르웨이. 배낭과 나의 등 사이에는 이미 흥건한 땀줄기의 강이 흐르고 있다. 거리와 공원은 한산하다 못해 허망하기까지 하다. 모두 여름휴가를 떠났는지 아니면 징그러운 태양이 싫어 찬 바닥을 비비며 낮잠을 즐기고 있는 건지. 그래도 나에게는 그들과 달리 짓누르는 배낭의 무게를 감당해야 하는 이유가 있다. 비틀즈의 노래 〈노르웨이의 숲〉에 매료되었던 감정들이 고스란히 이 숲에 남아 있을 것만 같았기 때문이다. '이 숲의 나무들은 노래 속 가사처럼 정말 보이지 않는 사랑의 새를 키우고 있을까?'

노르웨이 숲, 내 시선을 흔드는 저 기막힌 녹음들, 풍성한 여름의 덩치들이 나의 의식 속으로 시원한 바람을 불어댄다. "아저씨, 저 나무들의 이름이 뭐예요?" 나는 빨간 모자와 다듬지 않은 흰 수염이 잘 어울리는 공원 청소부 아저씨께 대뜸 물었다. "저 나무들의 이름은 모두 달라서 저도 다 모를 지경입니다." 나는 의아한 눈으로 아저씨를 쳐다보며 되물었다. "아저씨, 저거 모두 같은 나무 아니에요?" 그러자 아저씨는 이렇게 답을 하고 천천히 사라져 갔다. "우리가 보는 나무는 어느 것 하나도 동일한 것은 없습니다. 그냥 인간들의 감각이 무언가에 홀리거나 길들여져서 그렇다고 착각할 뿐이지요."

나는 벤치에 앉아 돌덩이처럼 딱딱하게 변해버린 바게트 빵을 힘겹게 뜯어먹을 때처럼 아저씨의 마지막 말을 잘근잘근 되씹었다. 그래, 철학자와 과학자들은 인간의 감각이 모두 동일하다는 것에 누구도 이의를 제기하지 않는다. 마치 시간이 흐른다는 사실을 누구도 거부할 수 없는 것처럼 그들은 동일한 감각이 마치 인간 본질의 근원적 전제인 것처럼 주장한다. 그들의 주장대로 모든 인간은 오감이라는 동일한 범주 안에서 살게 되고 그것을 통해 세상의 진리를 재단한다. 만약 오감이 인간 본질의 근원적인 것이라면 의식은 그의 노예에 불과할 것이다. 의식의 대부분은 감각에 의해서 촉발되고 감각 없이 발생하는 의식도 과거 감각의 경험에 의해 재생되는 것에 불과하기 때문이다.

그렇다면 인간들에게 오감을 동일하게 작동하도록 만드는 것은 무엇일까? 그것은 지식이다. 우리는 지식이라는 도구 없이는 어떤 대상도 동일하게 지각할 수 없다. 예를 들어 사과라는 개념을 학습이나 경험을 통해 배우지 않았다면 그것은 사람마다 다르게 감각될 것이며 다르게 인식될 것이다. 즉 사과가 둥글지 않을 수도 있고, 네모이거나 검은색이 될 수도 있는 것이다. 그럴 때 사과는 인간의 감각에 의해 포착되지 않는 물질物 그 자체로 존재하게 된다. 이 시점에서 본다면, 데카르트가 주장한 "나는 생각한다. 고로 존재한다" 라는 인간 주체성의 논리도 타당성을 상실하게 된다. 데카르트에 따르면 인간은 주체성 속에서만 타자를 지각하고 인식할 수 있다. 그런데 지식이 없을 경우 주체 앞에 놓인 사과는 감각이나 인식의 대상이 아니라 그냥 물物, 그 자체일 뿐이다. 대상이 사라지면서 동시에 주체도 존재할 수 없게 된 것이다. 결국 인간은 지식에 의해서만 대상을 감각할 수 있는 어설픈 주체인 것이다.

이렇게 지식에 의해 지배당하고 있는 인간은 지식의 타자 혹은 희미한 주체로 전락하게 된다. 지식의 범주 안에서 감각을 선택하고 활용하는 약한 존재인 셈이다. 그런데 인간은 근대 이후 지금까지 데카르트와 그를 추종하는 철학자와 과학자들에 의해 타자에 대한 주체성을 인간만이 가지는 우월한 특권이나 지위로 누려왔다. 그것은 심각한 착각이다. 다시 말해 인간들은 소수의 지식 권력자들에 의해 합의되고 복잡하게 설계된 지식의 세계 속에서 지식 선택의 기회만을 얻었을 뿐인데 그것이 마치 타자를 지배할

이 숲의 나무들은 노래 속 가사처럼

정말 보이지 않는 사랑의 새를 키우고 있을까?

수 있는 주체성인 양 행세했던 것이다. 인간은 아무리 노력해도 복잡해지고 은밀하게 형성되어가는 지식의 미로에서 나만의 길을 찾기란 쉽지 않다. 지식의 미로에 갇혀 한 발짝 내딛는 것조차 힘들어졌다. 인간 스스로 할 수 있는, 주체적인 것들은 점점 사라지고 희미해져가고 있는 것이다. 인간은 그저 불분명한 상황 속에서 감각적 선택이 옳았을 때 자신이 주체적으로 살고 있다고 자위할 뿐이다.

하지만 여기서 한 가지 의문점이 생긴다. 대다수의 인간들은 지식에 의해 지배당하면서 주체성을 상실했다고 할 수 있지만 그 지식을 만드는 소수의 인간들은 그렇지 않다는 점이다. 그렇다면 인간은 결국 주체성을 가지고 있다고 해야 옳지 않을까? 하지만 결코 그렇지 않다. 지식의 근원이자 생성의 주체는 우리가 대상으로 바라보는 물物들이다. 저기 보이는 나무들, 즉 대상들이 지식을 만드는 것이다. 그들은 인간보다 더 많은 감각적 활동을 해왔으며 그것의 결과물이 육화된 형태로 인간에게 오랜 시간 고스란히 드러내 보이고 있는 것이다. 이성의 작용은 필요 없이 감각의 상호작용에 의해 가공되지 않은 채, 단순해 보이지만 단순하지 않은 거대한 지식의 덩어리를 알몸으로 인간 앞에 내놓는 것이다. 나무줄기의 수직적 상승성, 나뭇가지의 사선 혹은 수평적 확장, 잎들의 하강적 움직임과 꽃들의 점성들이 계절에 따라 변화와 통일을 반복하는 것 자체가 놀라운 지식이다. 녹음의 시각과 꽃의 후각 그리고 거친 듯 부드러운 껍질 촉각 등 다양한 감각들은 인간을 비롯한 구름과 새 그리고 온갖 벌레들을 끌어들인다. 그들이 지식의 생산자이며 대상들 혹은 타자를 끌어들이는 주체인 것이다. 따라서 소수 지식 권력자도 진정한 주체가 될 수 없으며 대상이 만들어놓은 지식을 전달하는 대행자에 지나지 않는다.

그렇다면, 지식을 전달하는 소수의 인간들은 누구인가? 그들은 대상이 생산하는 지식의 조각들을 채집하고 종합 정리하여 인간에게 적합한 형태로 형식화하는 이성노동자이다. 그들이 하는 일이라고는 채집한 것을 또 다른 채집자와의 호혜적 합의를 통해 그것에 어울리는 이름을 짓고 범주를 만드는 것뿐이다. 이 과정에서 오류와 인간의 착각이 고착화된다. 개별적인 주체성과 고유한 지식, 본성을 가지고 있던 대상들이 인간의 감각에 의해 포착될 때만이 존재할 수 있는 '대상'으로 변질되는 것이다. 따라서 인간은 개별적 나무들을 '나무'라고 통칭해서 불러서는 안 된다. 그것들은 분명하게 개별적이고 서로 다른 지식의 주체로서 존재하고 있기 때문이다. 하지만 인간들이 그것들을 '나무'라고 통칭해서 부른다면 아직도 인간은 자신들이 주체적이라는 오만에서 벗어나지 못한 것이다. 어떤 대상이든 그것이 인간보다 긴 역사의 시간 속에서 존재해온 것이라면 그것은 인간의 감각과 인식을 이끌어낼 수 있을 것이며 결국 그것은 인간에 대한 주체성을 발휘하며 존재하고 있는 것이다. 그것들이 인간을 바라보는 한 인간은 대상으로서밖에 존재할 수 없게 된다.

비틀즈의 노래 속 '노르웨이의 숲'은 노르웨이 나무들에게는 없었다. 노르웨이의 나무들은 살아 있었고 노래 속 '노르웨이의 숲'은 흔들리는 가지를 바라보는 인간과 다르지 않았다. 마치 오늘도 나무가 내뿜는 공기에 코를 들이밀면서도 삶의 주체성이 자신의 것인 양 우쭐거리는 인간들처럼 말이다.

무 (無)

저 거대한 산을 어디에 감추리.

바다 속에

바다는 끝없이 흐르는데

구름 뒤에

구름은 흔적 없이 사라지는데

그렇다면, 내 눈 속에

하지만 깜빡이는 순간

저 산은 조각조각 깨어질 것을

아! 나를 잠재우는 저 괴물,

시간이 저 산을 업고 달아나네.

추억과 망각

12월, 아르헨티나의 작은 항구 도시, 보카. 이곳 거리 공연장에서는 탱고가 한창이다. 머리가 하얀 노인들의 춤도 젊은이들의 사랑보다 뜨겁다. 하지만 그 정열의 탱고보다 뜨거움을 만들어내는 반도네온의 선율이 내게는 더 매혹적이다. 반도네온은 과거의 시간을 음에 실어 사람들의 추억 속으로 파고든다. 그래서 반도네온은 인생의 깊은 굴곡을 갖지 못한 젊은이들에게는 그의 몸을 허락하지 않는다. 탱고가 끝나고 정열이 사라진 공허한 광장에는 반도네온의 여운만이 노을을 흔들고 있다. "할아버지, 반도네온 연주하신 지 얼마나 되셨어요?" 나는 노인과 반도네온의 인연이 궁금했다. "나도 잘 모르겠어, 얼마나 되었는지." 잠시 후 노인은 말을 이었다. "나는 나의 추억을 알 수 없지. 아마도 그것은 질문을 하는 자네의 상상 속에 존재할 거야. 나의 추억이란 인과의 고리가 끊어진 파편화된 과거의 시간들이기 때문에 그것을 현재화하고 재구성하는 것은 자네에게서 시작되는 것이지. 그러니까, 나의 추억은 자네 것이야."

우리가 기억과 관련해 내뱉는 특정 단어들은 추억을 위험한 덫에 빠뜨린다. 특히 타자가 코앞에서 자신이 상상한 '나'의 추억을 기대하며 호기심에 가득 찬 눈으로 '나'를 쳐다볼 때 '나'의 입은 통제할 수 없는 단어들, 즉 '나'의 추억과는 거리가 멀거나 혹은 희미해 뿌리를 알 수 없는 존재들을 명확하게 그려낸다. 그렇게 재구성되어 타인에게 건너간 단어들은 타자와 '나' 사이를 오가며 무럭무럭 자라 열매를 맺는다. 씨앗 혹은 사건의 그림자에 불과했던 '나'의 추억이 타인의 욕망에 걸맞은 단어들에 의해 견고하고 아름다운 현재로 부활한 것이다. '나'의 단어와 닮지 않은 '나'의 추억이 타인의 무지적 욕망과 순간적이고 우연적으로 조우하는 것은 수줍은 소년과 소녀의 어설픈 사랑과 다르지 않다. 서로에 관한 무지가 오히려 그들의 환상적인 사랑과 설렘을 만들어주는 것처럼 말이다.

분명, 과거의 추억은 현재의 단어들이 전하는 해석적 의미와 동일하지 않다. 그런데 중요한 것은 과거의 추억은 현재의 단어들에 의해 그것의 본질적 자리를 빼앗길 수밖에 없다는 것이다. 즉, 추억은 과거에 존재할 수 없으며 오로지 현재의 단어와 타자의 만남이 존재하는 '지금, 이곳에서'만 일시적으로 존재하게 된다. 그렇다면 나의 과거 혹은 추억은 어디로 사라진 걸까? 나를 향한 타인의 욕망, 그것의 충족을 위해 브레이크 없이 달리는 단어들은 기억을 상실시키고 망각과 손을 잡는다. 망각은 추억의 본질이라고 하는 것들을 죽이고 그것의 껍질들을 새롭게 존재해야 하는 추억의 현재적 공간과 시간으로 옮겨놓는다. 동시에 망각은 추억이 들어올 현재의 공간과 시간을 마련하기 위해서도 움직인다. 마치 정원사의 가위가 의미 없는 현재의 존재 가지들을 솎아내고, 그 자리에 빈약한 추억이 건강하게 자랄 수 있도록 도와주는 것과 같다. 그렇게 정원사의 정원에서는 가지치기와 이종 간의 접붙이기를 통해 어디에서도 볼 수 없는 기형화된, 하지만 화려한 나무들을 볼 수 있게 된다. 망각이 추억을 기형적 나무와 희귀한 열매 속으로 옮겨놓은 것이다.

　　그러면 이번에는 망각이 어떻게 추억을 조각하는지 살펴보자. 혹여 추억이 과거에 존재하고 있다면 그것은 독립적이고 동시에 완성적인 형상으로서가 아니라 아주 가늘고 불명료하게 다른 추억들과의 인과적 고리로 묶인 비형상으로서의 무엇일 것이다. 그런데 타인 앞에 내뱉어진 단어와 내뱉어질 단어들은 망각의 배를 타고 과거로 들어가 불명료한 비형상으로서의 추억들을 명료하면서도 구체적인 독립체로 멋지게 다듬는다. 망각의 칼날이 현재의 공간과 시간을 조각했듯이 과거 속에서도 추억을, 뱉어진 단어와 뱉어질 단어에 어울리게 인과의 고리들을 끊어내는 것이다. 명백하게 연결의 고리들을 기억하고 있다면 그것은 추억이 아니라 타자의 존재 혹은 타자의 욕망이 전제되지 않아서 망각의 작동이 필요 없는 죽은 과거일 뿐이다. 이렇게 망각은 추억의 원형을 철저하게 파괴하고 '나'를 과거가 아닌 현재의 추억 속에서 살도록 유도한다.

무의식 속에 잠자고 있던 망각은 추억을 끄집어내기 위해 기억이 작동하는 순간, 의식의 표면 위로 떠오른다. 즉, 망각을 살리는 것은 기억이지만 기억을 죽이는 것은 망각이다. 중요한 것은 추억을 만들기 위한 기억의 작동은 타인의 욕망에서 시작된다는 점이다. 결국 타인의 욕망이 나의 망각에 생명을 부여하고 그것을 통해나의 기억과 삶을 조정하는 것이다. 즉, 우리의 삶은 언제 무너질지모르는 허구화된, 망각의 집 속에서 불안하게 기거할 수밖에 없는 것이다. 타인의 욕망은 늘어가고 나와 나의 과거는 사라지고 있다. 결국 나는 기억이 아닌 망각에 의해서 '나'가 아닌 타인에 의해서 과거를 상실하고 동시에 현재도 상실했다. 과거와 현재 어디에도 주체적인 '나'는 존재하지 않는다. 단지 타인의 욕망과 망각이 빚은 현재의 추억 속에서만 그림자의 형태로 나는 존재할 수 있다.

그런데 왜 '나'의 추억은 타인의 욕망 앞에서 휘어지는가? 그 것은 태양에서 도달하는 빛이 지구의 대기권에서 대기의 밀도에 의해 꺾이는 현상과 같다. 즉, 나의 삶은 타인에 의해 둘러싸인 지구와 같은 것이다. 과거라는 먼 거리에서 다시 나의 현재 속으로 들어오고자 하는 추억은 나를 두껍게 둘러싸고 있는 타인의 세계를 통과해야 한다. 이때 태양 빛이 그렇듯이 타인의 세계가 강할수록 추억은 더 많은 각도로 휘어 들어오게 된다. 하지만 나와 타인 누구도 휘어진 과거를 휘어진 것으로 보지 못한다. 그저 그것은 모두에게 직선이며 너무나 자명한 하나의 사실일 뿐이다. 애초에 대

왜 '나'의 추억은

타인의 욕망 앞에서 휘어지는가?

기권 밖에서 출발했던 추억의 원형은 망각에 반사되어 대기권 밖으로 흩어질 뿐이다.

결국 타인의 세계를 통과한 추억만이 완결된 사실처럼 나와 타인 앞에서 당당하다. 그리고 그것들은 감각될 수 있는 것처럼 존재한다. 그래야 현재적인 것이 될 수 있기 때문이다. 하지만 '보이는 것은 불완전한 것이며 보이지 않는 것만이 완전한 것'이라는 사실을 잊어서는 안 된다. 그렇다. 열매는 꽃의 약속이 아니다. 열매는 꽃의 현재적 추억이자 망각의 산물일 뿐이다. 망각을 걷어내고, 타인의 욕망에 눈을 감아라.

기 억

기억의 줄기에서

끊어져 나리는

저 붉은 꽃잎들.

그대들은 어디로 가는가?

혼자 바람에 쓸린 여린 감정들

새벽 눈에 짓눌린 공포의 무게들을

집시처럼 끌어안고

우주의 핏줄, 기억의 바다를

지금 건너려는가

너희들이 도착한 시간의 종착역엔

나이 든 기억들이

오래도록 너희를 기다린다.

또 한 잎

기억의 끈에서

떨어져 나린다.

짙게 물들였던 너의 빛깔들은

기억을 만든 존재의 눈물.

하지만 나의 기억 속으로

떨어진 너희는

오래도록 떨어질 줄 모르는구나.

내가 기억의 끝에서 떨어져

영원의 바다 끝으로

향하는 순간일지라도

너는 붉은 기억으로

나의 시선 끝에 매달려 있구나.

고 독

　　7월의 부다페스트. 거리에는 여행객들과 그들의 지갑을 노리
는 젊은 도둑들, 그리고 둘의 관계를 체념하듯 바라보는 노파의 시
선이 뒤엉켜 있다. 나는 사람들이 북적대는 작은 기념품 가게에 들
어갔다. 그곳에는 우리네 벼룩시장에서처럼 골동품들이 시간의
흔적을 껴안은 채 구경꾼들을 유혹하고 있었다. 나 역시 누구의 것
인지 알 수 없는 올림픽 메달에 빠져 있었다. 그 메달의 유혹에 허
우적거리고 있을 때 나의 지갑은 도둑의 것이 되어버렸다. 순간 나
는 당황했고 가게 밖으로 뛰쳐나왔다. 하지만 도둑은 이미 사라진
뒤였다. 도둑을 지켜보았던 노파는 나를 불렀다. "도둑은 이 골목
으로 사라졌는데, 여기 도둑들은 돈만 가지고 지갑은 버리니까, 이

골목 어딘가에 지갑이 버려져 있을 거요. 천천히 찾아보시오. 너무 슬퍼하지 말고." 나는 낯선 노파가 고마워 도둑에 대한 미움도 잊어버리고 있었다. "할머니, 고맙습니다. 지갑만 찾을 수 있다면 이 은혜는 절대 잊지 않겠습니다." 그러자 노파는 웃으면서 말했다. "우리는 필연적으로 '나' 자신에게조차 '나'가 아닌 '타인'에 불과한데 하물며 타인에게 은혜를 갚는다는 것은 불가능한 일임이 분명하오."

노파의 말대로라면 우리는 우연성에 의해 순간적으로만 주체성을 가질 수 있는 '나'로 존재하거나 혹은 필연적으로 타인이 되어야 한다. 즉, 우리는 타인에게서 벗어난 '나'로서 존재할 수는 없으며 혹여 존재할 수 있다면, 그것은 아마도 우연적이게, 그 시간이 얼마나 지속될지 모르는 순간적으로만 가능할 것이다. 그렇다면 우리는 어떻게 우연을 만들어야 할까? 과연 우연은 만들어질 수 있는 것일까? 우연성은 타인의 무리가 만든 필연성의 고리를 끊어버릴 때 가능해진다. '나'라는 존재가 타인이 되어버린 것은 쇠줄 같은 사회구조 속에 갇히면서 의식이나 감정이 타인과 동화되는 순간부터 시작되었다. '나'는 '나'를 버리고 '타인'이 되기를 무의식적으로 자처한 것이다. 즉, 고독이라는 괴물에게 잡히지 않기 위해 그물보다 복잡한 필연성 속에서 안전하지만 우울한 자신의 방을 만들었다. 따라서 우연성은 복잡한 그물을 끊어내려는 의지와 의식에서 비롯된다.

우연성은 고독의 피다. 우리의 몸속에는 고독이 심줄처럼 퍼져 있다. 하지만 우리는 그 심줄이 피부 바깥으로 선명하게 드러날까 두렵기만 하다. 살을 찌우거나 분칠을 해서라도 감추어야만 한다. 이렇게 우리는 우연성을, 순간적 고독의 충동을 가차 없이 잘라낸다. 그럴 때 우리는 조금의 빈틈도 없는 완전한 타인이 된다. 하지만 역설적이게도 타인과 균질해지면 균질해질수록 고독의 욕망이 커져간다는 사실에 우리는 놀라지 않을 수 없다. 타인과 균질해진다는 것은 나의 본질을 스스로 억압하고 무리적 근성의 노예가 되는 것이기 때문에 고독에 대한 갈망도 억압의 강도만큼 용수철처럼 튀어오르려고 하는 것이다.

그런데 고독을 향한 열망은 은밀한 망설임으로 머물고 만다. 즉, 마음 속에서 꿈틀댈 뿐 밖으로의 운동성을 실현하지는 못한다. 이때 '나'는 분열된다. 은밀한 망설임, 마음 속에서의 고독한 '나'와 육체적으로 혹은 표상적으로 결코 고독할 수 없는 '나'가 대립하기 때문이다. 이때 나의 마음속 고독은 더욱 깊어지고 단단해진다. 고독에 대한 열망은 공간을 우주로 확장하여 그 속에서 '나'를 끝없이 홀로 그리고 은밀하게 걸을 수 있도록 만든다. 길 위의 어디에서나 '나'를 유혹했던, 밟아도 죽지 않는 잡초 같은 현실적 필연성은 고독의 열망 속에서는 존재할 수 없기 때문이다. 하지만 비현실 속의 '고독한 나'는 그 세계에 영원히 머무를 수는 없다. 그 시간은 너무나 짧다. 마치 밤이 새벽에게 그들의 시간을 금방 빼앗길 수밖에 없는 것처럼 말이다.

우리에게 이제 밤은 없다. 밤늦도록 일을 하는 것, 그것은 타인과의 관계적 필연성 속에서 자신을 탈출시키지 못한 것이다. 서글프게도 우리에게 밤은 아직도 낮이다. 아무것도 보이지 않는 칠흑 같은 밤, 그 밤을 우리는 잃어버렸다. 동시에 열망 속 '고독의 시간'도 우리 곁을 떠났다. 즉, 필연성을 잠시 떠나보낼 수 있는 망각이 망각되고 있다. 우리는 아무것도 볼 수 없을 때 비로소 '나'를 더욱 선명하게 볼 수 있다. 짙은 어둠의 밤이 '나'를 볼 수 있는 투명한 거울인데 그것이 사라진 것이다. 어둠을 배경으로 반짝일 수 있었던 별들이 새벽이 되면 서글프게 사라질 수밖에 없는 것처럼 말이다. 이제 더 이상 별은 뜨지 않는다. 태양이 지지 않을 것이기 때문이다.

이제 밤을 만들어야 한다. 우연하게라도, 짧게라도 밤은 만들어져야 한다. 낮에도 밤은 존재해야 하며 밤에도 밤은 살아 있어야 한다. 밤은 모든 감각을 죽인다. 그래서 감각적 존재의 '없음',

특히 타자의 존재 부재는 '나'를 공허의 한가운데로 이끈다. 드디어 고독 속에서 '나'는 휴식을 취할 수 있다. 타자는 '나'의 밤 너머의 밤에서 '나'가 된다. 밤, 즉 고독이 나를 '나'로 만들고 동시에 타자를 타자의 '나'로 만든 것이다. 이것은 타인으로서만 존재했던 피상적인 '나'가 타인의 존재 근거로서의 본질적인 '나'로 환원되는 것을 의미한다. 타자만 존재하는 한낮의 현실은 가짜다. 타자는 '나' 없이 결코 존재할 수 없기 때문이다. 나의 존재 근거로서 '타자'가 존재해야 하는 것처럼 '타자'가 존재하기 위해서는 '나' 역시 존재해야 한다. 그래서 밤은 '나'와 '타자' 모두에게 존재의 필수조건이 되는 것이다.

밤을 즐기자. 고독을 즐기자. 밤이 짙으면 여명이 더 밝은 것처럼 고독이 깊어지고 단단해질수록 나의 삶은 더 커져갈 것이다. 별은 낮에 빛날 수 없다. 하지만 빛나지 못한다고 별이 사라진 것은 아니다. 태양에 가려 보이지 않을 뿐이다. 고독도 사라진 것은

고독이 없다면 세상도 없다.
존재하는 모든 것의 어머니는 고독이다.

아니다. 고독은 나의 가장 깊은 곳에서 빛을 발하고 있다. 하지만 타인의 빛에 가려 '나'의 밖으로 나오지 못할 뿐이다. 고독이 없다면 세상도 없다. 존재하는 모든 것의 어머니는 고독이다.

고 독

아름다운 꽃이었다.
체크무늬의 그물들은
나의 살점을 도려내는
장미의 가시라는 것을
알기 전까지

길고 든든한 다리였다.
끝없이 맺어진 그물들은

나의 지느러미를 잘라내는

조리장의 칼이라는 것을

알기 전까지

분명, 그것은 보랏빛 물결이었다.

세상 너머로 나를 실어다 줄 것 같은

하지만,

모래사장 위로 떠밀려온 나는

숨가쁜 아가미로

썩은 그물들을 끝없이 토해내면서

알았다.

모든 것이 꿈이었다는 것을

여행

늦여름, 벨기에의 작은 도시 브뤼즈. 이곳 마을은 작고 조용하다. 아담한 집들은 어깨와 등을 기댄 꼬마들처럼 다정하다. 대문은 없다. 작은 마당에는 벤치들이 낙엽처럼 벗겨진 색깔들 사이로 낡은 시간의 속살을 드러내고 있다. 아마도 그들도 나처럼 이 따뜻한 햇살을 쬐려나 보다. 두껍고 화려했던 페인트의 외적 시간들을 벗어내고 속살, 나무 본연의 시간을 즐기려나 보다. 집 주인인 듯 보이는 중년의 여인이 그 벤치에 앉는다. 나는 그녀에게 다가가 곁에 앉아도 되는지 미소로 물었다. 그녀는 고개만 끄덕인다. "저는 지금 여행 중입니다. 이 마을이 너무 마음에 듭니다." 그녀는 역시 고개만 끄덕인다. 그리고 조용히 말을 잇는다. "저도, 내일 여행을 떠납니다. 니체가 말한 것처럼, 여행하는 법을 배우기 위해서 여행을 갑니다. 아마도 인생을 배울 수는 없겠지만……. 어제, 저는 남편과 이혼을 했고 이제 다시 여자로 돌아왔습니다." "어디로 떠나실 계획이세요?" 나는 조심스럽게 물었다. "그곳이 어딘지는 저도 모릅니다. 하지만 분명한 건 지금과 다른 시간을 가지고 있는 곳이겠지요." 햇살이 따뜻하게 그녀의 어깨를 감싸주었다.

여행은 여성의 두 번째 시간으로 들어가는 것이다. 여성은 남성의 단선적이며 독선적인 혹은 권력적인 시간과는 다른 시간을 하나 더 가지고 있다. 남성의 시간에 종속된 일상의 시간과 그것으로부터의 탈주, 자유를 갈구하는 짧지만 강렬한 또 하나의 시간이 있는 것이다. 특히 이 시간은 여성을 가장 뜨거우면서도 위험한 존재로 만들어버린다. 그것은 여성의 주체적 의지와는 상관없는 신의 영역이거나 혹은 명命에 의한 것이리라. 이 시간 동안 여성은 여성의 한계와 남성의 권력에 저항하면서 우울과 고독의 임계점으로 달려간다. 동시에 그것의 끝에 존재하는 위험한 쾌락을 즐긴다. 이 변화무쌍하면서도 혼돈스러운 시간은 행운의 여신, 포르투나의 미소일지도 모른다. 다행인지 불행인지, 남성의 시간 밖에 존재하는 이 매혹적인 시간은 그렇게 길지 않다. 하지만 결코 이 시간은 사라지지 않는다.

여성들을 가두려는 남성의 시간, 세상의 시계를 지배하는 그 시간은 어디서 오는 것일까? 그것은 나의 밖, 타인에게서 온다. 타인과 관계, 그것이 시간을 만들고 나의 공간과 나 그리고 여성들을 지배한다. 결국 나의 시간은 나의 것이 아니다. 세상 어디에도 나의 시간은 존재하지 않는다. 다양한 타인들이 정밀하게 조립한 시계의 작은 톱니바퀴가 시곗바늘, 곧 나를 움직이고 있는 것이다. 나는 단지 시간을 가리키는 시곗바늘에 지나지 않음에도 우리는 그것이 시간의 본질, 나의 시간이라는 착각에서 헤어나지 못한다. 다행히도 여성들은 여신의 도움으로 이 시간의 궤적에서 짧게라

여행하는 법을 배우기 위해서 여행을 갑니다.

아마도 인생을 배울 수는 없겠지만

도 탈출할 수 있는 행운을 얻었다. 하지만 역설적이게도 남성들은 그들이 조정하고 움직이는 시곗바늘 혹은 시간을 그들조차 멈추지 못한다. 결국 남성들이 시간으로부터 탈출할 수 있는 유일한 길은 톱니바퀴를 부수는 것밖에 없다.

월경越境, 여성의 두 번째 시간으로 달려가는 것, 그것이 나*의 여행이요, 톱니바퀴를 부수는 일이다. 그것이 나*의 존재를 증명하는 방식이다. 경계를 넘는 것, 금지된 것의 두려움을 초월하여 나*의 시간을 되찾거나 멈춘 시간 속으로 나*를 던져넣는 것, 그것만이 나를 숨쉬게 할 수 있다. 월경을 꿈꾸는 나*는 남성의 시간이 주는 공포에 시달려야 한다. 하지만 여성들이 두 번째의 시간, 경계를 초월한 시간에 의해 그들의 생명과 여성성을 존속시키듯이 나에게도 월경만이 나를 존재케 하거나 나의 본질을 되찾는 길임

* 주석: '나'는 작가로서의 나가 아니라 주체적 인간으로서의 '나'를 의미한다.

을 안다. 월경月頃, 달의 기운, 어머니의 젖이 태양의 뜨거움으로 죽어가는 대지를 어루만지고 어둠속에서만 자라는 것들에 입을 맞추듯 나의 어두워져가는 것들, 경계의 절정에서 위태롭게 흔들리는 시간들에도 달의 기운이 필요하다. 월경越境과 월경月頃, 그것이 나의 여행이요, 나만의 두 번째 시간이다.

아무도 나를 알지 못하는, 나도 타인을 알아야 할 어떤 의무도 존재하지 않는 낯선 곳, 월경越境의 시작점에는 시계가 없다. 그곳에는 시간이 흐르지 않는다. 나를 조종하는 톱니바퀴, 관계성을 가진 타인이 그곳에는 존재하지 않기 때문이다. 그곳에서는 나의 내면적 시간, 톱니바퀴 없는 시계만 똑딱거릴 뿐이다. 내 속의 자유와 주변의 모든 것이 나에게는 자연스러운 것이 되어 일정한 속도를 버리고 불규칙한 자신들만의 속도로 움직이는 시곗바늘이 된다. 내가 눈을 뜨는 순간이 아침이며, 배가 고픈 때가 식사시간이며, 내가 떠나고 싶을 때가 기차 탑승 시간이다. 노을이 지면 에

스프레소 한 잔을 마시며 시를 읽어야 하는 시간이며, 별이 뜨면 꿈을 꾸거나 몽상 속으로 여행을 떠나야 하는 시간이다. 이것이 월경이 만든 톱니바퀴 없는 시간의 흐름이다.

월경의 시간, 여행은 나뭇가지들을 산발적으로 뻗어가게 하는 힘과 같다. 줄기는 하늘을 향하여 달릴지라도 가지들은 다양한 각도의 사선 방향으로 혹은 땅과 수평하게 혹은 땅을 향하는 가지들로 구성되어야 나무는 살 수 있다. 그런데 모든 가지가 하늘만을 향하여 자신이 마치 줄기인 양 수직으로 하늘만을 향해 뻗어간다면 그 나무는 금방 죽고 말 것이다. 옆에서 불어오는 아주 작은 바람에도 심하게 흔들릴 것이며 새들이 앉을 자리, 인간들이 쉴 그늘이 사라져 고독이 나무를 병들게 할 것이기 때문이다. 그래서 나무는 뿌리에서 생성되는 에너지를 줄기에게만 보내지 않고 가지들이 뻗을 수 있는 모든 방향으로 분산시킨다. 하지만 중요한 것은 줄기보다 하나의 가지에 더 많은 에너지를 보내지 않는다는 점이다. 줄기보다 큰 가지가 생긴다면 그 나무 역시 쉽게 기울어 꺾일 것이기 때문이다. 이처럼 여행, 월경의 시간은 결코 직선적이고 맹목적인 시간, 남성이 지배하는 현실의 시간과 대척점을 이루지 않는다. 단지 흐르는 방향의 각도가 조금 다를 뿐이며 그 양 역시 조금 적을 뿐이다.

나는 오늘도 월경을 꿈꾼다. 비록 뜨거운 태양은 될 수 없어도 태양이 존재할 수 있도록 밤을 지키는 달의 기운처럼, 비록 줄기는 될 수 없어도 나무를 지탱하기 위해 가늘지만 다양한 각도의 방향으로 뻗어가는 줄기처럼.

갈 망

지긋지긋하게 흐르지 않는

파도 한 조각 없는 이 숨막힘

영혼을 무디게 만드는 여기

이 하늘의 바람을 털고

칼날보다 예리한 두려움과 낯섦이

날개를 자르듯 위협하는 히말라야 중턱으로

번쩍이며 좁은 시야를 깨뜨리는

투명하게 다가오는 설풍 속을

누구도 없이 유영하는 저 새처럼

방향 없는 바람이 되자.

푸르러 높고 또 푸르른

구름이 권태롭게 침묵하는

그림자와 허공만 밟고 있는 여기

이 하늘의 언어를 버리고

성에 낀 유리창에 매달린 호기심이

기차의 리듬으로 키스하는 바이칼 물결 위로

벤치 위에 버려진 충혈된 눈동자들

그들이 호수의 언어를 건져 올릴 때

그것을 쪼기 위해 하강하는 저 새처럼

중심에서 떨어진 시인이 되자.

아, 초라할 수밖에 없는 추억의 가난함

어울리지 않는 목걸이처럼

공동의 기억들이 거추장스러운 여기

이 하늘의 시간을 묶어버리고

혼돈만이 닻을 내리고

망각이 날것으로 드러누운 페루의 작은 섬으로

시시포스 바위 조각들의 하얀 모래들

그 위에 바깥이 그림자처럼 덮칠 때

태양을 향해 겁 없이 돌진하는 저 새처럼

이카루스의 날개가 되자.

작가

11월 24일. 나는 슬로베니아의 작은 도시가 품고 있는 낡은 노천 카페에 들어갔다. 거리는 한산했다. 스산한 날씨만큼이나 카페도 쓸쓸했다. 담배 파이프를 입에 물고 노트에 뭔가를 쓰고 있는 중년의 사내만이 나의 눈에 들어올 뿐이었다. 나는 그런 그가 궁금해졌다. "무슨 일을 하세요?" "작가입니다." 작가라는 그의 말에 나의 심장은 긴장한 듯 파르르 떨고 있었다. 나의 꿈 역시 작가이기 때문이었으리라. "어떤 글을 쓰세요?" 그러자 그는 대수롭지 않다는 듯이 쓴웃음을 지으며 "소설을 씁니다". 나는 "소설은 왜 쓰세요? 어떤 매력이 있어요?"라고 물었다. "저도 그건 모르겠습니다. 저는 제가 쓴 인물들이 무엇을 말하는지, 심지어 그들이 어떤 사람인지도 모르거든요"라고 그는 대답했다. 나는 그의 모순적인 대답을 이해할 수가 없었다. "그렇다면, 선생님은 소설을 쓰는 것이 아니네요. 소설 밖에서 서성거리고 있는 저 행인과 다른 것이 없으니까요"라고 말했다. "아마도, 그럴 겁니다. 소설은 제가 쓰는 것이 아니라 독자들이 쓰고 있으니까요. 결말 없는 소설을." 그는 더 이상 말을 하지 않았고 담배 연기만 허공을 향해 의미 없이 뿜어댔다.

그 무명 작가의 말은 한참 동안 나의 가슴에서 떠나지 않았다. "독자가 소설을 쓴다……." 아마도 그의 말이 맞을 것이다. 작가는 죽었고 소설은 더 이상 존재하지 않는다. 소설은 작가와 상관없이 독자들의 '논쟁과 합의'에 의해 새롭게 쓰이고 있을 뿐이다. 그런데 독자들의 '논쟁과 합의'는 직조된 옷감(작가의 작품)의 무늬에 있는 새와 꽃의 모양을 두고 어느 것이 더 중요한지 혹은 더 예쁜지에 대해 따지는 것에 불과하다. 작가는 작품 속에서 새와 꽃이 아닌 그것들을 감싸고 있는, 하지만 공허하거나 배경에 지나지 않는 것으로 보이는 '하늘'을 말하고 싶었을 뿐인데 말이다. 더 노련한 작가들은 하늘조차 중요한 것이 아니라고 말하기도 한다. 정작 중요한 것은 꽃과 새 그리고 하늘같이 보이는 것들이 아니라 전혀 보이지 않아서 마치 애초부터 작품 밖에 머물러 있는 베틀의 옷감을 짜는 속도라고 말하기도 한다.

독자들에게 작가의 작품은 없다. 가장 크거나 아름답게 보이는 새와 꽃만 그들의 감각 속에 존재할 뿐이다. 특히 우리가 고전 작품이라 일컫는 것들에 담긴 형상들은 분명하게 구별 가능한 새와 꽃으로 존재하지 않는다. 다만 알 수 없는 기호의 덩어리로 남아 있을 뿐이다. 그렇기 때문에 향기로운 것들에만 코를 들이대던 독자들에게는 그 기호들의 냄새가 낯설고 역겨울 뿐이다. 이것은 제우스의 골수라고까지 불리던 버터의 맛에 빠져 있던 귀족들이, 우유의 찌꺼기에서 응결된 고약하고 역겨운 냄새가 나는 볼품없는 치즈를 처음 접했을 때와 같다. 하지만 그 역겨운 냄새의 치즈가 건강에 더 유익한 것으로 밝혀지자 귀족들은 자신의 코를 막고 얼굴을 찡그리며 치즈를 먹어대기 시작했다. 그리고 그것의 진정한 맛도 모르면서 예찬을 늘어놓기 시작했다. 독자들의 위선도 귀족들만큼이나 강하다. 고전 작품의 기호들이 주는 낯섦이나 메스꺼움을 마치 달콤한 체리를 집어 삼킬 때처럼 아무렇지도 않게 먹어대니 말이다. 즉, 독자들은 고전작품을 그들의 눈과 의식이 아닌 언어를 아낄 줄 모르는 독설가의 눈과 혹은 비평가의 혀를 빌려 씹지도 않고 삼키고 있는 것이다.

비평가 역시 작가와 작품을 죽이는 또 다른 독자이다. 비평가들이 작가와 작품에 휘둘렀던 분석의 절대적 권력은 오히려 작가와 그의 작품과는 무관한 비평가 자신의 철학과 지식의 향연일 뿐이다. 비평은 문학 작품이 아닌 텍스트에 지나지 않음에도 오히려 작품을 지배한다. 모순적이다. 하지만 작가들은 이런 모순에서 벗어날 수 없다. 비평가의 비평은 작가와 작품 그리고 독자를 연결하는 다리이기 때문이다. 하지만 작가는 결코 이 다리를 원치 않는다. 그 다리는 독자와 작품의 거리를 더 멀게 만드는 장애물이다. 즉, 비평가의 비평은 독자로 하여금 작품이 아닌 텍스트에 머물게 만들고 독자 자신의 관점과 철학을 상실케 한다. 플라톤이 예술 작품을 이데아에서 한참 멀어진, 다시 말해 이데아의 껍질에 지나지 않는 현실을 다시 복제한 것이 예술품이라고 한 것과 다르지 않다. 이처럼 비평가의 비평은 작가와 그의 작품을 소리 없이 죽이는 예리한 칼이다. 결국 작가와 그의 작품이 사라지고 독자만 넘쳐나는 지금의 현실에서 비평가의 비평도 수많은 독자의 단순한 가십거리에 지나지 않는다. 결국 비평가들은 넘쳐나는 또 다른 비평가인 독자에 의해서 그들의 존재를 잃어가고 있다. 작가와 작품의 목에 칼을 들이대던 비평가는 이제 그들의 목을 조여오는 독자들의 거대한 손을 피할 수 없게 된 것이다.

기생 바이러스의 생명력은 숙주보다 강하듯이
독자도 작가보다 오래도록 살아남아 작가인 양 살아간다.

이렇게 작가와 비평가가 죽어가고 있는 자리에 독자만이 살아남았고 그들은 갈망하던 작가의 자리를 차지했다. 그리고 독자는 작가의 작품이 갖고 있는 의미와 형식을 찾아내기 위해 비평가들의 문장을 흉내내기 시작했다. 작가는 의미와 형식을 작품 어디에도 드러내지 않고 단지 그것들을 논리와 상징 속에 감춰두었을 뿐인데 말이다. 그래서 독자들의 감각에 의해 작품 속에서 건져지는 것들은 팔 다리가 잘린 개별적 단어들뿐이다. 만약, 작가의 작품이 독자들의 감각에 의해 '언어' 즉, 언어의 질서나 상징에서 떨어져 나와 단편적이고 우연적인 담론의 장으로 내몰린다면, 작품은 바다에서 모래 위로 건져져 숨을 헐떡이는, 곧 죽음을 맞이할 물고기 같은 운명에 놓이는 것이다.

그럼에도 다수의 힘, 보편적이고 절대적인 것으로서의 권력은 독자를 이미 작가로 만들어버리고 말았다. 하지만 독자로서의 작가는 결코 생산성을 갖지 못한다. 기생 바이러스가 숙주에게서 영양분을 빨아먹으며 자신의 생명을 연장해가는 것처럼 독자도 마찬가지다. 작가의 작품을 자양분으로 할 뿐 스스로 새롭게 어떤 작품도 창작해낼 수 없다. 중요한 것은 숙주가 죽음을 맞이하면 기생 바이러스도 함께 죽게 된다는 것이다. 그렇다면 독자에 의해서 작가들이 죽어가면 독자도 함께 사라지게 되는 것일까? 그렇지 않다. 기생 바이러스의 생명력은 숙주보다 강하듯이 독자도 작가보다 오래도록 살아남아 작가인 양 살아간다. 즉, 기생 바이러스가 자신의 복제를 통해 또 다른 숙주로 옮겨가듯이 독자들도 또 다른 독자와의 조합 혹은 자기 복제를 통해 다른 숙주, 다른 작가의 작품 속으로 기어들어가는 것이다. 그런데 이런 다른 독자와의 조합 혹은 자기 복제 기술에 의한 번식력은 작가들의 창작 속도보다 빠르다. 결국 작가의 작품은 수많은 독자 작가의 텍스트에 의해 중심에서 밀려나고 독자의 자기 복제 속도로 망각된다. 하지만 독자 작가의 어떤 텍스트도 중심에 설 수는 없다. 중심에 서 있다고 생각하는 순간, 그것은 빠른 속도로 자기 복제되는, 셀 수 없는 또 다른 독자들의 텍스트에 의해 밀려나야 하기 때문이다. 혹여 중심에 서 있다고 할지라도 그것은 작가의 작품에 뿌리를 두지 못한 부평초와 다르지 않은 것이다.

과연 작가와 작품은 존재할 수 있는 것일까? 아마도 그들의 존재는 별똥별이 떨어지는 시간만큼이나 짧을 것이다. 그 시간은 작가의 작품이 출간되어 독자의 손에 닿는 순간까지일 것이다. 작품이 독자의 가슴을 파고들기도 전에 독자의 손에는 또 다른 작품이 쥐어져 있을 것이기 때문이다. 앞으로는 이 짧은 시간마저도 허락되지 않을 것이다. 작가는 살기 위해 독자를 죽여야 한다. 움베르트 에코의 『장미의 이름』에서 수도사가 책에 독을 묻혔던 것처럼 작가들도 자신들의 작품에 독을 발라야 한다. 아니면 작품이 독자의 머리를 깨버릴 수 있다고 경고해야 한다. 하지만 역설적이게도 작가들은 그들의 작품에 독자를 유혹하는 달콤한 초콜릿만 잔뜩 발라놓고 그들의 손을 간절히 기다리고 있다. 이것은 작가의 자살이다. 결국 세상 어디에도 작가와 작품은 존재할 수 없게 된다. 작가와 작품은 작가 자신에 의해서 그리고 독자 작가에 의해서 살해되고 있다.

책 들

괴성을 지르는

하지만, 언제나 중요하지 않게

시선 너머에 홀로 앉아

강물에 얼굴만 비추며

울거나 간혹 웃음의 그림자가 우울한

누구도 그의 얼굴을 볼 수 없어

무언無言의 응답만 귓불에 걸치는

거리距離.

두 개의 눈과 귀가

세 개의 눈과 귀를

괴물이거나 혹은 무인誣人이 불러 모은

무서운 영혼들이라고

태양의 형형한 눈빛과

바람의 차가운 논리를

의식 밖으로 내몰아

한낱 버려진

하지만 구길 수 없는

무겁고 두꺼운 글자들.

보이지 않게 움직이는 글자들 사이로

돌지 않던 지구가 소리 없이 돌고

버려진 피카소의 황소가 춤을 추는

오래도록 죽을 수 없는

하지만 죽어 있는 / 강철 같은 형상들.

뒷모습

베트남 고산지역, 해발 2,700미터. 이곳에는 몽족이 살고 있
다. 그들을 찾아나선 지 이틀째. 깊은 산길을 오르고 또 오르니 통
나무로 지어진 집들이 하나둘 보이기 시작했다. 그런데 이곳이 몽
족 마을임을 알리는 것은 낯선 모양의 집들이 아니라 무거운 짐을
지고 고갯길을 힘들게 오르는 저 여인, 그 여인의 등이었다. 그녀
의 등에는 자신의 몸집보다 큰 땔감이 고통스럽게 매달려 있었다.
지게 같은 도구도 없이 거대한 땔감을 이마에 걸친 끈 하나로 위태
롭게, 하지만 능숙하게 나르고 있었다. 그녀의 등에 매달린 것은
몽족 여인들의 삶 자체일지도 모르겠다. 나는 그녀의 앞을, 얼굴을
볼 수가 없었다. 하지만 그녀의 뒤, 등은 이미 너무도 많은 말을 내

게 건네고 있었다.

　　그리스 신화에서는 인간의 원래 모습을 '등이 서로 붙은' 암수 한몸의 존재로 그리고 있다. 인간의 힘은 거대했다. 결국 인간의 힘을 두려워한 신들은 암수를 독립적인 존재로 갈라놓았고 인간은 잃어버린 반쪽을 찾아야 하는 사랑의 노예가 되고 말았다. 하지만 서글픈 것은 결코 볼 수 없는 등, 즉 안을 찾아야 하는데 그것 대신 앞, 즉 겉의 모습만을 보면서 반쪽을 찾고 있다는 것이다. 등, 곧 안에 담긴 진실들이 앞, 곧 겉의 표상에 가려져 존재 위기에 빠지고 말았다. 침묵이 언어에 가려져 비존재로 인식되는 것처럼 말이다. 침묵은 언어라는 구름이 수놓아지기 위한 바탕, 하늘이다. 하지만 언어라는 구름은 영원히 그리고 완벽하게 침묵의 하늘을 가릴 수는 없다. 그런데도 우리의 인식과 감각은 구름이 먼저다. 우리가 타인의 앞만을 보고 인식적 판단의 기준으로 삼을 뿐 그의 뒤, 등의 존재에는 무관심한 것처럼 말이다. 하지만 분명, 타인의 진실은 그의 등 뒤에 존재한다. 침묵하고 있는 등 뒤에.

　　등, 뒷모습, 그것은 밤이다. 칠흑같이 어두워서 아무것도 보이지 않는 그런 밤. 하지만 밤은 섬뜩하리만큼 분명하게 살아서 움직인다. 밤은 한낮의 태양 혹은 그것보다 강렬한 타인의 시선 속에 숨어 있던 진실과 욕망이 잠을 깨는 시간이다. 우리가 볼 수 있는 것은 앞모습뿐이다. 화려하게 덧칠한 입술, 본래보다 크게 그려진 검은 눈, 장식으로 철저하게 가려진 몸만을 우리는 볼 수 있다. 태양과 타인의 시선은 주체의 시선을 통제한다. 타인의 앞모습에만 초점을 맞출 수 있도록 강제하고 뒷모습은 어두운 그림자로 노예화시킨다. 낮에는 뒷모습이 존재하지 않는다. 하지만 아무것도 보이지 않는 어둠이 오면, 희미하지만 순수한, 그래서 모든 것을 볼 수 있는 가능성의 달이 뜨듯이 뒷모습은 앞모습이 말하지 못했던 혹은 말할 수 없었던 것들, 진실과 욕망을 어둠보다 진하게 풀어놓는다.

이렇게 진실은 뒷모습에 살아 있다. 나는 나의 진실을 어쩔 수 없이, 나의 소유가 될 수 없는 뒷모습에 감추고 있다. 내가 타인에게 미소를 지어 보여도 뒷모습은 울고 있으며, 내가 타인에게 소리치며 허세를 부려도 뒷모습은 허무에 짓눌려 우울해하고 있다. 타인 혹은 세상에 저항하지 못하고 자유를 상실한 앞모습과 달리 뒷모습은 직설적이면서도 서글프게 나의 진실을 품고 있다. 나는 의식적으로 그것을 감추고 있지만 돌아서는 순간 밤이 달빛으로 존재하는 것들의 숨겨진 욕망을 들춰내듯이 나의 뒷모습에 위태롭게 매달린 진실을 타인은 침묵으로 읽어낸다. 이렇게 나의 뒷모습은 나의 주인이지만 나의 것은 결코 아니다. 타자에 의해 고스란히 해석당할 수밖에 없는 타자의 것이다.

우리의 뒷모습은 타인에게 진실을 드러내는 것에 그치지 않는다. 타인의 관음적 욕망의 대상이 되기도 한다. 『채털리 부인의 사랑』에서 사냥지기 클리퍼드가 코니의 엉덩이에 찬사를 보내면

나의 뒷모습에 위태롭게 매달린 진실을
타인은 침묵으로 읽어낸다.

서 "당신은 뒤쪽이 정말 매력적이군요.……이 세상을 떠받칠 수 있는 엉덩이로군요!"라고 말했던 것처럼 우리의 뒷모습, 특히 세상의 어떤 둥근 원보다 아름답고 매력적인, 그러면서 뒷모습에서 유일하게 솟아올라 있는 엉덩이는 타인의 비밀스러운, 하지만 공개적인 시선의 쾌락물로 변화된다. 우리는 상대방을 유혹하기 위해 앞모습을 치장한다. 하지만 어느 누구도 그 모습을, 특히 육감적인 부분에 이르러서는 당당하면서도 솔직한 시선으로 그곳에 머물러 있을 수는 없다. 하지만 꾸미지 않은, 꾸밀 수도 없는, 자연을 닮은 곡선의 뒷모습은 주체의 의도와는 상관없이 타인의 욕망이 소유해 버린다.

하지만 인생의 해가 질 무렵, 타인에게 빼앗겼던 뒷모습은 타인에게서 주체에게로 조용히 되돌아온다. 그것은 한낮의 뜨거운 태양을 직접 볼 수는 없지만 해질녘 구름에 가려 빛을 잃어가는 태양을 정면으로 바라볼 수 있는 것과 같다. 조금이라도 뒷모습을 보

이고 싶지 않아서 꼿꼿하게 어깨를 펴고 걷던 젊은 날은 가고 좁아
진 어깨와 구부러진 허리가 뒷모습을 조금씩 보이기 시작하는 것
이다. 이것은 세상에 굴복하는 것이 아니라 자신의 뒷모습을 세상
혹은 타인에 당당하게 내놓는 것이다. 뒷모습에 감추었던 자신의
진실을 누구에게나 거리낌 없이 보여주고, 의도와 상관없이 자신
의 진실이 타인에게 드러났다고 해서 가슴을 졸이거나 슬퍼하지
않는 것이다. 특히 그들은 신 앞에서 땅에 머리를 대고 기도하는
동안 조금의 가림도 없는, 온전한 뒷모습을 세상에 겸허하게 드러
내 보인다. 이것은 젊은 날 앞모습에 집착했던 고뇌에 대한 참회의
눈물이다. 당당했던 하지만 가식적이고 허구적이기만 했던 앞모습
을 버리고 시간의 무게에 아름답게 다듬어진 뒷모습을 신에게 바
치는 것이다. 우리는 무엇을 숨기고 혹은 무엇으로 자신을 은폐하
고 있는지를 물을 때 잃어버렸던 뒷모습을 되찾을 수 있을 것이다.

투 우

물레따가 국기처럼 펄럭인다.

치솟는 나의 피를 빨아

거만하게 물든 저 빛깔.

타원의 철옹성을 에워싸는

광기의 함성 한가운데

나의 뿔은 솟는다.

이방인보다 깊고 무겁게

오로지 공격만을 예비한 채

투우사여!

나의 두 귀를 노리는 광대여!

너의 창이 내 등 위로

빛줄기처럼 꽂힐 때

불안에 안긴 너의 환희가

나의 피 서린 눈 속에 갇혀

가쁜 숨으로 뒷걸음질칠 뿐이다.

나의 뿔은 솟는다

비록 붉은 장막을 향해 달리는 몸짓이

허공만 찌르는 웃음거리가 될지라도

전쟁터의 주인, 투우사여

다시 한 번 너의 피 묻은 창을

육실거리는 내 영혼의 근육 위로

무참히 꽂아다오

검은 내 육신이 붉게 물들 때까지

나의 고통, 노예의 거친 숨소리를

반도네온의 슬픈 탱고처럼

물레따를 흔들며 춤을 춰다오.

하지만, 너의 축제가 끝날 때쯤

나의 뿔, 돈키호테의 창은

장막 뒤에 숨어서 소리 없이 자라는

뿔 달린 너의 그림자를

단숨에 걷어올리리라.

노예가 된 너의 시신을 끌고

나는 탈옥의 문을 여는 주인이 되리라

뿔이 솟는다.

고독하게 뿔이 솟는다.

입

5월. 중국, 소림사 일주문 앞에서 나는 합장을 한다. 많은 사람이 두 손을 모아 뭔가를 기원하고 있다. '이들은 무엇을 소망하고 있을까?' 그들이 바라는 것을 알 길은 전혀 없다. 그들의 입은 말이 없고 눈과 귀마저도 문을 닫았기 때문이다. 호흡마저 끊어질 듯 가늘게 흐르고 있었다. 이들을 보니 진리에 다가가는 것이 어떤 것인지 조금은 알 것 같다. 그것은 나의 감각적이고 이성적인 것들에 침묵의 옷을 입히는 것이리라. 양나라 무제가 달마대사에게 물었다. "어떤 것이 최고의 성스러운 진리입니까?" 달마가 대답했다. "텅 비어서 조금도 성스러울 것이 없습니다." 무제가 다시 물었다. "그렇다면 내 앞에 있는 그대는 누구입니까?" 달마가 대답했다. "모르겠습니다."

　　달마대사의 대답대로라면, 진리는 텅 비어 아무것도 없는 것
이며 그것은 알 수 있는 성질의 것도 아니다. 따라서 말할 수 있는
것이 아니다. 진리에 다가서려는 주체로서의 '나'를 나도 모르는
데 주체 밖의 진리를 안다는 것은 땅이 없는 곳에서 나무를 심으려
는 것과 다르지 않다. 하지만 분명한 것은 진리는 존재한다는 것이
다. 그렇기 때문에 우리는 '진리'라는 단어를 사용하고 있는 것이
다. 비록 '진리'라는 단어가 진리의 껍질에 불과한 이름뿐일지라
도 진리는 무형으로 존재하며 어떤 것과도 경계를 짓지 않으면서
텅 빈 자신의 본질 속으로 모든 것을 포함하고 있다. 이렇게 진리
란 어디에도 없으면서 동시에 어디에도 존재하는 것이다. 하지만
진리는 어떤 말과 문자로도 대상화될 수 없는 존재이다.

　　타자에 관한 앎이 깊어질수록 우리는 타자에게서 멀어질 수

밖에 없다. 앎이란 하나의 물질物이 타자와의 경계를 갖게 되는 것이다. 경계를 짓는다는 것은 지시하는 물物 이외의 것들을 우리의 의식 밖으로 내몰거나 지시하는 물物 이외의 타자들의 존재를 무시하는 것이기 때문이다. 따라서 경계가 단단할수록, 경계의 숫자가 늘어날수록 역설적이게도 우리에게서 버려지는 물物은 더 많아지게 된다. 경계의 바깥에는 경계 지을 수 없는 무한의 우주가 존재하고 경계의 안은 유한적 존재로서의 '나'가 존재하고 있다. 따라서 특정한 물物에 관한 앎이 시작되면 물物 밖의 우주를 보지 못하게 되며 경계 없이 무無로 존재했던 '나'는 경계로 만들어진 물物들이 채워지면서 무無를 잃게 된다.

그런데 물物에 관한 앎을 진정한 앎이라 할 수 있을까? 우리가 앎이라고 여기는 것은 감각으로 얻어진 비실체들을 이성이 조합해서 물物에 질서를 부여하는 모순적 행위에 지나지 않는다. 가변적이면서 불완전한 감각으로 완전체로서의 물物을 정의한다는 것은 물物을 파괴하는 것으로서 새를 새장에 가둔 채 날개는 있지만 날 수 없는 어떤 것으로 취급하는 것과 다르지 않다. 따라서 물物은 그 자체로 존재할 뿐 어떤 형태나 형식의 범주 안으로 집어 넣을 수 없다. 우리의 앎은 단지, 물物의 시작과 끝이 존재할 수 있다는 가능성에만 접근할 수 있을 뿐이다. 즉, 혼돈 속에서 방향 없이 생성·변화하고 있는 물物, 그 자체만이 우리의 감각 속에서 순간적으로 인지되고 망각되는 것이다.

우리는 침묵해야 한다. 앎은 '나'의 밖으로 표출되는 순간 병들고 죽는다. 그래서 앎은 밖으로 나가는 것이 아니라 '나'의 안에 머물러야만 살 수 있다. 입으로 말해지고 그것이 문자로 규정되거나 형상화되는 순간 그것은 외눈박이 신세가 된다. 하지만 이것들은 오히려 정상적인 것들과 사람들을 지배하기 시작한다. 여기서 외눈박이란 앎의 범주가 단단하게 확정되어 다른 물物을 보려 하지 않거나 보지 못하는 것을 말한다. 이것은 경계의 유연성 혹은

우리는 침묵해야 한다.

앎은 '나'의 밖으로 표출되는 순간

병들고 죽는다.

개방성을 상실한 채 다른 물物들과의 공존보다는 그것들을 깨뜨리고 파괴한다. 즉, 입 밖으로 던져진 앎은 자신의 앎과 반대편에 서 있는 앎들과 싸우면서 자신의 존재 가능성마저 파괴시키며 편견의 편에 서게 된다.

　눈, 귀, 코는 입과 다르다. 두 개의 눈동자는 이것과 저것을 동시에 본다. 보고 싶지 않은 것도 본다. 두 개의 귀는 거친 소리와 부드러운 소리를 가리지 않고 듣는다. 두 개의 콧구멍은 달콤한 향기만을 맡을 수 없다. 한 쪽의 콧구멍이 비릿하거나 퀴퀴한 냄새에 노출되는 것을 막을 수는 없다. 눈, 귀, 코는 어느 것 하나에 구속되지 않고 이것과 저것의 사이를 쉼 없이 오간다. 그것은 '나'의 의지와 상관없는 선택 과정으로 무의식적으로 진행된다. 이처럼 진정한 앎은 이것과 저것 사이의 방황이어야 한다. 즉, 진정한 앎은 특히 눈빛의 주고받음이다. 눈빛은 말과 달리 물에 관한 범주나 형식이 필요치 않다. 무無의 방식으로 타자에게 무형의 앎을 전달하며 나 역시 타자의 눈빛에서 답을 해석해낼 수 있다. 하지만 눈빛으로 전달된 나의 앎은 타자에 의해 변화될 수 있으며 그것은 결코 내가 보내고자 했던 것과 동일하지 않을 수 있다. '나'역시 타자의 반응을 임의적으로만 해석할 수 있을 뿐 어떤 것도 확신할 수 없다. 진정한 앎은 하이젠베르그의 불확정성의 원리와 동일하다. 대상에 가까이 다가가면 그것은 더 멀리 달아나고, 관조하면 흐릿하게나마 동적인 존재로서의 자신을 보여준다. 따라서 진정한 앎에 관해 입을 연다는 것은 대상의 본질을 달아나게 만드는 것이다.

무경계로서의 물物, 그것에 경계를 씌워 앎을 소유했다고 착각하는 순간, 우리는 위험에 빠진다. 따라서 앎을 가졌다고 자처하는 자들이 많은 사회는 위험한 사회다. 즉, 앎의 넘침은 날카로운 경계의 창이 많아지는 것으로서 갈등과 전쟁이 지배하는 폐쇄적인 사회인 것이다. 이것만 남고 저것은 제거되어야 하는 사회, 즉 플라톤이 말한 동굴의 우상이 존재하는 사회이다. 동굴 밖으로 탈출한 누군가가 동굴 안의 삶이 그림자에 불과하다는 것을 알려준 다고 할지라도 동굴 안에 사는 사람들은 그것을 받아들이지 않는 다. 오히려 앎을 말하는 이가 동굴 밖의 허상을 본 것에 불과하다 고 한 목소리로 그를 비난할 것이다. 그것은 자신들의 앎이 동굴 안이라는 경계가 명백한 곳에서 만들어졌다는 사실에 대한 확신과 '집단적 최면술'이 그들을 묶고 있는 쇠사슬보다 강하게 작용하고 있기 때문이다. 이들에게 동굴 밖, 즉 무한의 열린 세계에서 끌어 들인 앎이란 단지 공상이나 환상에 불과한 것으로 치부될 뿐이다.

현대 사회는 플라톤의 동굴과 다르지 않다. 다른 것이 있다면 동굴 안에 더 많은 사람이 존재하며 그래서 '집단의 최면술'이 더 강해졌다는 점이다. 따라서 어떤 동굴 밖의 앎도 동굴 안에서는 공 허한 메아리가 될 뿐이며 동시에 진정한 앎을 위해서 동굴 밖으로 탈출하는 것 역시 더 힘들어졌다. 하지만 더 강해진 쇠사슬을 끊고 동굴 밖으로 탈출하는 사람들이 간혹 있다. 그들은 쇠사슬 끊는 방

법을 알고 있는 천재이거나 질서의 궤도를 이탈해 떠도는 용감한
방랑자들이다.

말

입에서 쏟아져나오는

저 말들

장미는 시들고

구름은 흩어지고

개들은 죽는다.

말이 도달하는 곳에

말이 키스하는 것들에

시간은 사라지고

가시가 돋는다.

나는 살해자다.

말의 깨지지 않는 껍데기로

그것들의 파편들로

그것들의 일그러진 그림자로

부를 수 없는 존재하는 것들의

부르지 않은 것들을 불러

질서 속으로 구겨넣는다.

늘어만 가는 나의 말들

나를 존재의 제왕으로

거만하게 올려놓는다.

그것은 기만이 급류처럼 엄습하는

죽음의 계곡으로

나를 떨어뜨리는 것이다.

오로지 침묵이다.

말을 죽이고

욕망의 입술을 닫아야 한다.

질병에 시달리는

방황하는 말들을

내 의식의 변방으로 거둬들여야 한다.

혼 돈

7월, 인도의 델리. 시장에 들어서자, 정신이 빠져나갈 듯 어지러웠다. 장사꾼들이 늘어놓은 물건들, 여기저기 무리지어 돌아다니는 구경꾼들, 물건을 내리고 올리는 작은 트럭이나 오토바이들, 거기에 주인을 따라 나선 개와 고양이들까지. 모두들 자기의 방향으로, 서로 다른 방향으로 섞인 듯 섞이지 않은 채 흘러가고 있다. 이런 시장 한가운데 방향계만 쳐다보며 당황한 눈동자를 감추지 못하고 있는 것은 오직 나 하나뿐이었다. "너무 혼란스러워요, 정신이 하나도 없습니다. 어디가 중심이고 어디부터 가야 할지 모르겠어요. 무질서 그 자체네요." 나의 볼멘소리에 수염을 파뿌리처럼 매달고 있는 노인이 나를 쳐다보았다. 그는 빙그레 웃으며

"도시에서 왔구면, 이곳이 어지럽다고 하는 걸 보니. 천천히 들여다 보게나. 얼마나 평화롭고 자유로운지"라고 말했다. 그리고 노인은 한 마디를 덧붙였는데 그건 장자의 이야기였다. "숙은 남해의 임금이고, 홀은 북해의 임금인데 그들은 중앙의 임금인 혼돈을 자주 만났고 혼돈은 그들을 잘 대해주었지. 그래서 숙과 홀은 혼돈의 은덕을 갚기로 했지. 그들의 결정은 다음과 같은 것이었어. '사람에게는 누구나 일곱 개의 구멍이 있어서 보고, 듣고, 먹고, 숨쉬는데 오직 혼돈에게만 구멍이 없으니, 우리가 그에게 구멍을 뚫어줍시다.' 그래서 날마다 구멍을 한 개씩 뚫어주었는데 혼돈은 칠일 만에 죽고 말았어."

혼돈과 무질서, 이것은 과연 동일한 의미의 단어일까? 아무 생각 없이 두 단어를 접한다면 두 단어의 차이점을 발견하기란 쉽지 않을 것이다. 하지만 이 단어들의 뿌리와 의미는 사람들이 생각하고 있는 것 이상의 차이를 가지고 있다. 혼돈은 어떤 것이 존재하기 위한 기준이나 힘, 질서를 필요로 하지 않는 무중심의 자연 상태이다. 혼돈은 개별적인 존재 그 자체가 기준이기 때문에 수많은 기준이 우열, 선후 없이 각자의 방식으로 공존하거나 혹은 어떤 기준도 존재하지 않아서 구속이나 통제의 역학적 힘이 작용하지 않는 자유로운 상태이다. 빅뱅 이후, 태초의 우주는 혼돈이었다. 크기와 무게가 다른 그리고 각자만의 방향과 속력으로 달아난 수많은 파편들, 그 행성들은 아무렇게나 밤하늘에 흩뿌려진 소금 같은 별들이 되어 자유롭게 우주 공간을 여행했다. 규칙성 하나 없는 하지만 어지럽지 않은 밤하늘의 별들, 그 공간이 아름다운 혼돈이다.

하지만 사람들은 혼돈의 장, 별들의 자유를 그리스 신들의 형상과 서사로 묶어버렸다. 헤라클레스, 페가수스, 견우와 직녀성 등의 별자리가 인간들에 의해서 만들어지면서 혼돈의 하늘은 질서와 무질서가 혼재하는 혼란의 장으로 변하고 말았다. 신의 형상과 서사가 중심과 질서의 힘이 되어 혼돈의 밤하늘을 재편한 것이다. 개별적인 형상으로 자유롭게 존재하던 별들이 신의 형상과 서사를 위한 한 부분으로 전락해 질서 속에 갇히거나 그렇지 않으면 보잘것없는 별이 되어 무질서한 공간으로 버려지게 되었다. 인간들의 중심과 질서에 대한 고집스런 숭배가 혼돈의 아름다운 밤하늘을 무질서가 넘치는 혼란의 장으로 만들어버린 것이다. 결국, 무질서는 중심에서 소외된 혼란이며, 혼돈은 중심을 버린 자유이다.

다시, 델리의 시장으로 돌아가보자. 소들은 여전히 사람들 사이를 느릿느릿 걸어다니고, 사람들은 자동차의 접근을 무시한 채제 갈 길을 갈 뿐이다. 자동차 역시 경적 소리로 자신의 존재를 알리며 소와 사람 사이를 조심스레 빠져나간다. 그런데 이곳에서는 경미한 사고조차 나지 않는다. 또한 서로에게 삿대질을 해대며 자신이 먼저라고 또는 자기의 방향이 중심이라며 소리치며 싸우는 광경도 보기 힘들다. 이것은 서로 다른 것들의 서로 다른 방향과 속도가 질서의 중심론적 인식 이전의 자기만의 속도로 자연스럽게 흘러가기 때문이다. 그래서 인도는 혼돈의 도시다. 서울의 도시에서처럼 자동차를 중심으로 한 채 사람과 소들을 주변으로 밀어내는 폭력은 어디에도 존재하지 않는다. 또한 사람도 중심이 될 수는 없다. 혼돈의 도시, 델리에서는 그 어떤 것에도 우선권이 부여되지 않는다. 하지만 여행객들에게 델리는 무질서의 천국이다. 횡단보도와 교통신호의 질서에 길들여진 여행객들은 혼돈 속의 델리가 불안과 공포를 불러오는 무질서에 허덕이는 도시로만 보일 뿐이다.

밤하늘의 별들과 인도의 시장 그리고 숲을 본다면, 만물은 혼돈 속에서 자연스럽게 살아가고 있음을 확인할 수 있다. 즉, 만물의 영혼과 육체는 혼돈의 피가 흐르고 있으며 그것은 곧 자유의 힘으로 표출된다. 하지만 나약한 인간들은 혼돈, 자유보다 집단적 연대성, 질서가 가져다주는 평온함에 기거하고자 한다. 그래서 자유

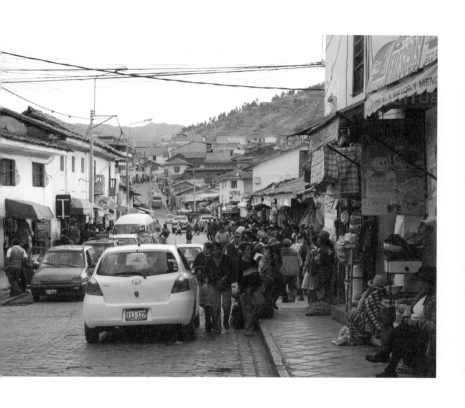

혼돈은 어떤 것이 존재하기 위한 기준이나
힘, 질서를 필요로 하지 않는 무중심의 자연 상태이다.

를 통제할 권력으로서의 질서를 도덕의 이름으로 끝없이 생성해내고 있다. 하지만 사람들은 중요한 사실을 망각하고 있다. 질서의 그림자가 무질서라는 사실을. 질서를 만들어내면 낼수록 그만큼 무질서도 함께 생산될 수밖에 없다는 진실을 외면하고 있거나 모르고 있는 것이다. 횡단보도가 생기기 전에는 무단횡단이라는 무질서 역시 존재하지 않았다. 하지만 횡단보도가 많아질수록 그에 비례해서 무단횡단이라는 무질서가 늘어나고 동시에 교통사고의 위험도 높아졌다. 질서가 무질서를 낳고 무질서가 죽음을 부르는 혼란을 야기한 것이다.

질서가 무서운 것은 모두를 같은 방향으로 향하게 만들고, 같은 속도로 달리게 통제한다는 것이다. 같은 방향은 다른 방향이 존재함을 잊게 만들고 같은 속도는 천천히 달려도 된다는 여유로움을 상실시킨다. 그래서 도로 위에는 뒤처지고 싶지 않은 자동차들의 신경질적이고 독선적인 경적 소리가 넘쳐나게 된다. 역설적이게도 질서라는 도덕의 신호 속에서 그것을 지키고자 하는 이기적 욕망으로 인해 비도덕적인 행위들이 난무하는 무질서가 양산되는 것이다(이것은 혼돈의 델리에서 자동차들이 인간들의 안전과 그들의 길을 방해하지 않기 위해 울리는 경적 소리와는 사뭇 다르다). 슬프게도 엔트로피의 법칙처럼 무질서가 많아지면 우연성도 함께 높아진다. 즉, 비도덕적 사건이나 다양한 형태의 사고들이 예측할 수 없는 시간과 장소에서 우후죽순처럼 발생하게 되는 것이다. 이런 예측 불가능한 사건과 사고들은 강도나 발생 빈도에서 질서 이전과는 비교할 수 없을 정도로 큰 것이기 때문에 인간들의 불안도 커지게 된다. 질서 속에서 평온함을 얻고자 했던 인간들이 오히려 무질서가 만들어내는 우연성의 공포에 지배당하고 있는 것이다.

질서가 많은 사회는 더 많은 무질서의 싹이 자라고 있는 사회이다. 다시 말해 질서가 강한 사회는 비도덕성이 잠자고 있는 불안한 사회다. 과연, 질서가 많은 뉴욕이 평온한 도시일까? 아니면 질서가 없는 인도의 시골 동네가 불안한 도시일까? 인간들은 질서를 만든 후 자신들이 '신의 선물'을 받은 양 기뻐했다. 그리고 질서를 모든 도덕의 제일 앞자리에 앉히고 신격화했다. 하지만 인간은 아직도 이것이 얼마나 큰 착각이며 오류인지 깨닫지 못하고 있다. 오히려 신의 선물이 '혼돈'이라는 사실은 질서의 권위에 침윤되어 사람들의 인식 밖으로 사라지고 말았다. 오히려 인간들은 혼돈의 다른 이름이 무질서라고 확신하게 되었다. 결국 인간은 질서를 찬양하고 그것에 대항하는 자유로운 것, 혼돈스러운 것들을 비도덕적인 것들로 치부하여 제거한 후 세계를 '도덕적 단순함' 속으로 밀어넣었다.

아, 이 세상은 숙과 홀 같은 사람들로 넘쳐날 뿐이며 그들이 여기저기 뚫고 있는 구멍들만 늘어나고 있구나.

바 보

쇳덩이 같은 세상에
금을 내는 것은
숨소리보다 가늘고
아이보다 연약한 순진함.

그물보다 복잡한 세상을
뚫고 가는 것은
오류보다 가볍고
이성보다 단순한 벌거벗은 몸짓.

아!
눈먼 자들의 세상에서
어둠의 가장자리에 들어 앉아

밤의 혼돈을 기다리는 희열

그것은 잃어버린 나의 광기.

죽 음

8월 인도, 죽음의 도시, 바라나시. 나는 죽음을 보기 위해 육체를 집어삼키고 있는 뜨거운 장작더미 앞에 앉았다. 태양은 내 머리 위에서 나를 태우고 있고 황금빛 비단에 싸인 육체들은 성난 장작더미의 아가미 속으로 녹아내리고 있다. 저것이 죽음인가? 그렇다면 죽음은 타고 있는 장작과 다른 것이 무엇일까?

"저기, 죄송하지만 사진 한 장만 찍어도 될까요?" 나는 장작더미를 뒤적이는 장의사에게 조심스레 말을 건넸다. 장의사는 "무엇을 찍을 겁니까?"라며 되물었다. 나는 너무나 당연하다는 듯이 대답했다. "저기, 장작더미 위에서 타고 있는 죽음이요." 장의사는 거만하게 웃으며 "우리가 죽음을 볼 수 있다고 생각하세요? 우리는 결코 죽음을 볼 수 없습니다. 우리가 볼 수 있는 것은 단지 사라진 것들에 대해 안타까워하는 사람들의 몸짓 혹은 돌아서서 아무렇지 않게 걸어가는 그들의 등일 뿐이지요"라며 대답했다. 그의 말이 끝나는 순간 나는 카메라를 내려놓았다. 내가 사진을 찍는다면 그것은 아무것도 없는 것을 존재하는 것으로 착각한 관념, 볼 수도 인식할 수도 없는 허상을 찍는 것에 불과한 것이라고 생각했기 때문이다.

그래, 우리가 습관적으로, 아무런 의심 없이 내뱉고 있는 죽음, 그것은 죽음이 아니다. 우리는 죽음을 감각적인 형태로는 어디에서도 확인할 수 없다. 죽음은 죽은 사람에게서조차 발견할 수 있는 것이 아니다. 우리가 감각적으로 만나는 것은 죽음이 아니라 앙상한 해골과 해골 뒤에 숨어 있는 죽음에 대한 공포 혹은 연민의 감정일 뿐이다. 따라서 죽음이라는 것은 죽은 이의 것이 아닌, 그것을 관념적으로 인지하는 주체의 것이며 주체 속에 살아 있는 것이다. 하지만 주체도 죽음을 직접적으로 인지하거나 만날 수는 없다. 단지 죽음의 징후로서, 죽음의 어렴풋한 그림자들을 봄날의 투명한 아지랑이 속에서 순간적인 눈 맞춤으로 느낄 수 있을 뿐이다. 그 눈 맞춤은 거울을 통해 간접적으로 재경험된다. 우리는 거울을 보면서 육체의 깊은 곳에서 어둡게 혹은 희미하게 주름의 형태로 올라오는 불편한 감정들을 발견하게 된다. 그리고 그것들이 죽음과의 투명한 대화가 시작되는 것임을 느끼게 된다.

    희미한 주름의 형태. 이것은 소설의 결말에 도달해가는 시간이 육체의 오염으로 형상화된 것이다. 시곗바늘이 멈추고 나면 시계는 형태적으로 그 전과는 다름없이 존재하고 있을지라도 더이상 시계는 아니다. 하지만 우리는 그것을 시계라고 부르면서도 그것이 더이상 작동하지 않을 것이라는 사실에 동의한다. 이렇게 우리는 멈춘 시계를 볼 때마다 우리의 육체와 영혼 속으로 깊게 구멍을 파고 있는 '죽음'을 보게 된다. 오염된 육체를 빌려 우리 앞에 나타나는 죽음의 시간은 권태의 다른 이름이다. 권태는 육체를 좀 먹는 무감각, 무관심, 무기력, 냉담이라는 '악마'를 키워 정오의 싱싱했던 육체를 하이에나처럼 물어뜯는다. 결국, 육체 뒤에 숨어서 좀체 얼굴을 드러내지 않았던 하지만 분명하게 육체를 지배했던 욕망, 증오, 질투심을 파괴해버리고 만다. 이렇게 육체 뒤에 숨은 존재들의 치명적인 유혹에 저항할 수 있는 것은 소설의 결말에 도달해가는 시간, 권태뿐이다. 우리는 권태를 거울삼아 언제든 죽음과 만날 수 있다.

권태는 우리가 생각하고 있는 것만큼 우리를 서글프게 만들지 않는다. 권태는 '나'의 바깥으로 향하던 대화의 방향을 '나'에게로 돌려놓는다. 세상과의 대화는 줄이고 '나'의 소리에 귀 기울여 나를 어느 때보다도 풍성하게 채워준다. 이런 내적 대화는 누구도 들을 수 없는 가장 친밀하고 투명한 그래서 고독한 언어로 구성된

투명한 언어만 남은 나의 육체,
그것으로 인해 그대들은 내가 소유할 수 없는 죽음을
그대들의 가슴에 품을 수 있을 걸세.

다. 하지만 역설적이게도 이 언어들은 접근할 수 없었던 세상의 본질과 '나'의 세계를 연결해준다. 욕망, 증오, 질투심이 만든 세상과의 경계적 장벽들을 '나'의 투명하고 무형적인 권태의 내적 언어가 허문 것이다. 아, 얼마나 큰 위안인가. '나'와 '나' 그리고 '나'와 '세상'의 가장 아름다운 마지막 대화. 권태가 초대한 죽음은 내게 가장 큰 쾌락을 선물한 '나'가 아니고 누구이겠는가?

그런데 슬픈 것은 우리의 정교한 기만, 이성과 감각들이 '나' 속에 실존하는 죽음과의 대화를 외면하고 있는 것이다. 가장 아름다운 대화를 거부한 채 어두운 방 한구석에 죽음을 가두고 대화를 원하는 죽음에게 침묵만 강요하고 있는 것이다. 죽음과의 대화는 '나'와의 심연적 연결이지만 동시에 '나'의 종말을 선고하는 절망의 언어라고 생각하기 때문이다. 하지만 '나'와 죽음의 투명한 대화는 이성과 실존하는 죽음과의 변증법적 필연의 관계로 묶여 있다. 즉, 죽음이라는 실존을 이성으로 파악할 수는 없지만 이성체로서의 '나' 없이는 죽음 또한 존재할 수 없는 것이다. 하지만 둘 사이의 투명한 대화는 투쟁적이면서도 친밀하다. 그리고 슬프면서 후련하다. 이성적으로 영원히 현존하고 싶은 '나'의 욕망에 죽음은 그의 실존으로서만 웃으며 답한다. 절대 움직이지 않으면서도 '나'의 가장 깊은 곳에 이미 도달해 있는 것, 실존하는 모든 것의 근원적 물음이며 확고부동한 존재가 바로 자신, '죽음'이라고 말이다.

이 대답이 선명하게 내 귀에 울릴 때, 그 목소리가 너무나 투명하게 눈부실 때 나는 비로소 죽음의 바깥에 존재할 수 있게 된다. 나는 나의 죽음을 관조하는 타자로서 죽음의 주인이 되는 것이다. 과거와 미래를 우회하지 않고 현재에만 머무는 초월적 삶 속에 나는 영원히 머물게 된다. 실존하지만 이성적으로 존재하지 않는 근원적 지각, 죽음과의 투명한 대화만이 모든 가능성과 무無의 결합을 결정하는 근원적 실존의 대답임이 너무도 명백하다. 개별적이고 은밀한 대화이면서 동시에 가장 보편적이고 개방적인 이 대화는 현재와 '나'를 무엇에도 흔들리지 않는 견고한 것으로 완성시킨다. 존재하는 것은 실존하지 않는 것이며 존재하지 않는 것일 때 비로소 실존할 수 있다는 사실과, 유한은 무한을 전제로 한 존재로서 유한의 극점은 무한으로 향하는 전초기지임을 죽음이 말해주고 있다.

친구들이여, 만약 오늘 내가 죽음과 사랑스런 대화를 나눈다면, 그리고 죽음에게 미련 없이 나의 자리를 내준다면, 그대들은 나의 장례식에 가장 화려한 옷으로 차려 입고, 가장 예쁜 꽃을 양손 가득 들고, 입가에 미소를 머금으며, 가벼운 발걸음으로 즐겁게 와주길 바라네. 죽음이 나를 투명할 수 있게 구원했고 무한의 세계로 초대했으니 얼마나 기쁜 일인가. 투명한 언어만 남은 나의 육체, 그것으로 인해 그대들은 내가 소유할 수 없는 죽음을 그대들의 가슴에 품을 수 있을 걸세.

죽 음 이   내 게 로

날이 선 칼날의 시퍼런 단절

바깥에만 머물던 시선들의 절뚝거리는 귀향

담벼락을 등지고

오래도록 토해내는 한숨은

노을보다 깊다.

침묵과의 대화는 길어지고

절망의 가는 틈 사이로

비집고 올라오는 버려진 뿌리들

포도주에 취한

디오니소스와 뮤즈들의 노래.

그래, 느리게 가자

급류를 다독이며

파괴의 정령들을 모으는 저 댐처럼

나의 거울, 단절의 권력 속으로

내 곪아터진 영혼 위에

신神을 파종하고 맹종을 수확한

그들의 오만 위에 침을 뱉자.

천천히 망각의 문을 열자

본능과의 만남은

처녀의 첫키스처럼 서툴고 낯설다.

열린다. 단절의 끝에서

처녀의 환희 같은

연꽃 한 송이

수줍게 떠오른다.

소 파

　　11월 페루, 마추픽추로 가기 위해 잠시 머무르는 도시, 올란
타이탐보. 갑자기 쏟아지는 소나기에 사람들의 걸음 소리가 요란
하다. 그들의 걸음이 빗방울과 부딪쳐 출전하는 병사들의 군화 소
리처럼 들린다. 그런데 그 소리 사이를 비집고 나의 시선에 와 부
딪히는 것은 낡은 소파에 앉아 처연히 비를 맞고 있는 한 사람. '노
숙자일까?' 행색은 비록 초라해 보이지만 비와 사람들의 움직임에
동요되지 않는 모습은 그가 노숙자가 아님을 말해주기에 충분하
다. 노자는 『도덕경』에서 존재하지 않는 것을 존재하는 것보다 좋
아하며, 아무 일도 하지 않는 무위는 최고의 업적, 인간의 가장 위
대한 목표라고 가르쳤다. 항아리가 유용한 것은 항아리 그 자체가

아니라 항아리가 감싸고 있는 텅 빈 공간, 무無에 있다고 하지 않았는가? 그렇다면 저 사람의 무위 혹은 무는 어디서 온 것일까? 그리고 그의 무위는 그에게 어떤 쓰임을 가져다 줄 수 있을까? 아마도 그 낡은 소파가 그를 무위로 이끌지 않았을까. 그리고 그가 꿈꾸고 있는 공상은 낯선 곳에서 비를 맞고 서 있는 내가 만들고 있는 것은 아닐까?

소파는 무위가 허락되고 공상이 살아나는 극히 사적인 공간이다(여기서 무위는 육체적인 것에 한한다). 우리는 소파를 만나면 생존에 필요한 최소한의 움직임조차 거부한다. 하지만 그 순간부터 공상은 몸과 정신을 지배해온 세계를 파괴하며 여기저기서 꿈틀대기 시작한다. 소파의 바깥에서는 육체와 정신이 하나여야만 했다. 육체와 정신의 움직임이 서로 다른 방향을 향할 때 사람들은 그를 사회적 이탈자로 낙인찍기 때문이다. 하지만 소파는 다르다. 이곳에서 육체는 무위를 향해 달려가고 정신은 질서의 바깥 세계를 향해한다. 즉, 육체와 정신의 방향이 어긋나고 그들의 사이가 멀어질수록 공상의 세계는 깊어지고 넓어지는 것이다.

소파는 하나의 공간이나 사물에 지나지 않는 것처럼 보인다. 하지만 사실은 그렇지 않다. 육체의 움직임을 제거하고 정신의 이탈을 도와 새로운 현실을 생성해내는 창조적 유희의 도구이다. 소파가 주는 쾌감은 육체를 고단함에서 해방시켜주는 것에 그치지 않는다. 그것은 질서가 요구하는 의무감이 제거된, 극히 사적인 세계, 질서 바깥으로 향할 수 있는 권리가 발생되는 정신적 희열이다. 이렇듯 소파는 '나'를 둘러싼 사적인 공간이나 사물들 중에서 '나의 또 다른 세계'에 생명을 불어넣는 유일한 것에 속한다. 중요한 사실은 소파에서 만들어진 공상의 세계, 극히 사적인 '나의 또 다른 세계'가 비현실적인 것을 초월해 타자들의 현실적 삶으로 재현된다는 것이다.

소파에서의 공상은 주로 시각적인 것에서 촉발된다. 그것은 습관적으로 켜놓은 텔레비전을 몇 시간씩 바라보면서 그 속에 펼쳐진 세계를 자신의 세계로 끌어들이면서 시작된다. 만약 텔레비전 속 세계가 '현실적'일 경우 우리는 그 세계를 '나만의 비현실적인 세계'로 변형하며, 텔레비전 속 세계가 '비현실적'일 경우 우리는 그 세계에 나를 투영하여 '나만의 현실 세계'로 재구성한다. 그런데 이런 두 세계의 변형은 차이가 존재하지 않는다. 공상의 세계, 극히 개인적이며 비현실적이라고 여겨지는 세상은 분명 현실적 세계에 그 뿌리를 두고 있다. 다시 말해 공상의 세계를 만든 '나'는 현실적 세계에 분명하게 존재하고 있는 것이다.

다시 텔레비전 속 세계로 들어가보자. 특히 '비현실적인 장면'들이 나오는 세계는 누군가의 공상에 의해서 만들어진 것이 분명하다. 하지만 그것은 나의 현실적 세계 속에 하나의 부분을 이루며 나의 곁에 버젓이 앉아 있지 않은가. 그렇다면 타인의 공상은 나의 현실적 세계를 만들고 나의 공상 역시 타인의 현실적 삶을 만들어가는 부분적 요소라 말할 수 있을 것이다. 결국 나의 현실적 삶은 수많은 타인들의 다양한 공상체의 조합인 것이다. 즉, 내가 앉은 소파도 누군가의 공상이 현실로 재현된 것이며 타인의 공상을 볼 수 있는 텔레비전도 타인의 공상이 만든 것이다. 결국 내 주변의 모든 현실적인 것은 타인이 만든 공상의 진행체이거나 일시적 완성체인 것이다.

따라서 현실과 공상은 별개의 것이 될 수 없다. 이 둘은 변증법적인 관계에 의해서 순환되는 뫼비우스의 띠와 같은 것이다. 어떤 것도 고정적이며 확정적인 현실적 세계가 될 수 없으며 어떤 것도 비현실적 공상의 세계로 규정화시킬 수 없는 것이다. 즉, 타인에게 현실은 '나'에게 비현실적 공상의 세계이며 '나'에게 현실적 세계는 타인에게 공상의 세계가 되는 것이다. '바다'가 없는 고산지대의 원시 부족에게 '바다'는 공상의 세계에 지나지 않지만 '바다'를 앞에 두고 살아가는 부족에게 '바다'는 너무나 자명한 현실적 공간이다. 이처럼 현실적인 세계와 공상의 세계의 구별적 기준은 존재할 수 없으며 구별적인 행위 자체는 무의미한 것이 된다.

이제 우리는 우리의 삶을 우주적인 것으로 확장하기 위해 소파 위로 몸을 던져야 한다. 그 위에서 무위적 유희를 만끽해보자. 소파에 누워 깨지 않는 잠을 자거나 또는 소파에 앉아 커피 혹은 포도주를 마시며 음악을 듣거나 공상 영화를 보자. 시대를 막론하고 별 볼 일 없는 사람들의 습성으로 치부되었던 게으름으로 공상의 세계가 넘쳐나는 나의 방을 만들어보자. 그렇지 않다면 우리의 현실은 점점 좁아지거나 아예 사라질 수도 있다. 현실적인 세계에만 안주하고 그것이 전부인 양 매달린다면 현실적 세계는 금방 고갈될 것이며 그 속에 갇힌 인간들은 좁아진 삶에 질식할지도 모른다. 따라서 현실적 삶에서 벗어난 소파의 세계, 이것은 결코 게으름이나 망상적인 것으로 치부되어 소외되어서는 안 된다. 소파 위

소파여, 너의 품에서 나를 깨어 있게 하라.
그리고 잠 속에서만 꿈을 꾸는 자들이 볼 수 없는
공상의 세계를 꿈꾸게 하라.

의 공상이 가져다주는 이탈의 쾌감 그리고 육체적 게으름은 현실적 삶을 우주적으로 확장할 수 있는 유일한 것일지도 모른다.

소파여, 너의 품에서 나를 깨어 있게 하라. 그리고 잠 속에서만 꿈을 꾸는 자들이 볼 수 없는 공상의 세계를 꿈꾸게 하라. 비록 공상의 세계가 술 취한 듯 흐릿하게 나의 앞에 나타날지라도 그것을 지우려 하거나 또렷하게 만들기 위해 애쓰지 말라고 충고해다오. 그 분명치 않은 이미지 속에는 내게는 아직 오지 않은, 하지만 곧 다가올 현실이 자리하고 있기 때문이다. 그 현실과 미래 사이를 공상의 다리로 건너는 나의 사고는 전율할 것이다. 이 전율은 '나'의 실존에 관한 타 공간적 바라봄의 자각인 동시에 우주적 비행의 도정이다. 나는 소파, 너의 품에서 오늘도 나와 타인의 삶, 즉 현실과 공상의 다리를 오가며 헤매고 싶다. 나는 오늘도 네가 그립다. 흄이 늘 말했던 것처럼. "이곳, 사교장은 내가 있을 곳이 아니라는 생각에서 벗어날 수 없다. 하루에도 두세 번씩 나의 조용한 방, 그리고 안락한 소파가 나는 그리워진다."

시 간

별이 사라지는 건

별의 시간, 하늘이

사방으로 커져만 가는 것이니

별은 결코 죽은 것이 아니네.

단지, 별빛이 점이 되어

팽창된 시간의 공간을 달려

개미 눈 같은 우리의 동공 속으로

들어오지 못할 뿐.

배가 돌아오지 못하는 건

배의 시간, 바다가

육지를 향하여 커져만 가는 것이니

배는 결코 길을 잃은 것이 아니네.

그냥, 노가 버드나무 가지 되어

떠미는 시간의 물결을 거슬러

모래알 같은 우리의 항구로

돌아올 수 없을 뿐.

시간은 흐르는 것이 아니네.

잠시 점유된 공간들을 갉아먹으며

무한의 공간으로 자라나는 것일 뿐이니

나는 죽은 것이 아니네.

시간에게 내 공간을 빼앗겨

집을 잃었을 따름이네.

길

나는 베트남 시골 마을에서 길을 잃었다. "친구, 몽족 마을을 찾고 있는데, 길 좀 알려줄 수 있어?"라며 나는 낡은 지도를 꼬마에게 내밀었다. 그러자 꼬마는 스마트폰을 꺼내 검색하기 시작했다. "저만, 따라오세요. 가장 빨리 도착할 수 있는 지름길을 가르쳐 드릴게요." 순간, 나는 그 꼬마의 모습을 보며 놀라고 말았다. "이곳에도 스마트폰이 있네." 꼬마는 웃으면서 말했다. "아저씨는 없네요." 꼬마는 자랑스러운듯 스마트폰을 앞세워 걸었다. 그리고 꼬마는 농담처럼 말했다. "이제 우리에게는 지름길만 존재합니다. 돌아가는 길은 없어요." 나는 그 말을 듣는 순간 우울해졌다. 더 이상 어디에도 굽은 길, 낯선 길이 존재할 수 없다는 사실이 나를 슬프게 만들었기 때문이다. 그렇다면 여행도 사라진 것이다. 어떤 낯선 곳에서도 스마트폰은 곧은 길, 편한 길을 만들어줄 것이며 그 길은 익숙한 일상의 나의 길과 다르지 않을 것이기 때문이다. 이제 는 굽은 길을 헤매면서 뜻밖의 공간이나 사람들을 만날 수 있는 권 리와 기쁨이 사라졌다. 굽은 길이 사라진 이상, 어디를 가든 그것 은 여행이 아니다. 단지 시간과 공간의 방향만 바뀐 의미 없는 이 동일 뿐.

길은 사람이 만들었지만 그 길은 사람을 길들였다. 최초의 길 은 좁았으며 구불거렸다. 하지만 지금의 길은 넓고 곧다. 사람들 은 곡선을 두려워했다. 그래서 어떤 길이든 직선으로 만들어야 했 고 그 위에서 평온함을 만끽했다. 곧은 길은 계산적이며 경제적이 다. 얼마나 빨리 목적지에 도착하느냐, 즉 얼마나 시간을 단축할 수 있느냐가 곧은 길의 생명이며 본질이다. 결국 곧은 길은 길의 본질인 공간과 괴리되고 시간과 손을 잡았다. 공간과 공간을 연결하던 길이 이제는 그의 본성을 던져버리고 시간을 변화시키는 것에 목을 메고 있는 것이다. 공간과 이원화된 곧은 길은 시간의 속도를 높인다. 그런데 역설적이게도 곧은 길이 가속화시킨 시간은 인간의 불안을 다시 불러내고 말았다. 타인들보다 더 빨리 더 많은 일을 해야 하고 더 많은 공간을 점령하기 위해 곧은 길 위를 달리면서도 더 곧은 길이 어디에 존재하지 않을까 두려워하는 것이다. 또한 곧은 길이 주는 시간의 정확성과 그에 관한 집착은 오히려 우리를 불확실성에 떨게 만든다. 짧은 시간의 오차가 계산할 수 없는 경제적 손실을 가져올 수도 있다고 생각하기 때문이다.

반면에 곧은 길에 밀려 소외된 굽은 길은 낯선 공간으로 다가가는 유일한 탈출구이거나 과거를 반추하는 추억의 통로로만 남게 되었다. 빠른 시간과 합리성의 바깥, 경제성 너머의 휘어진 공간, 굽은 길 속으로 과감하게 '나'를 집어넣는 이탈적 행위는 점점 불가능해지고 있다. 굽은 길이 만드는 느린 속도감 속에서 공간과 함께 살아 움직이던 육체의 감각적 조화는 사라졌다. 굽은 길 위에서 '나'의 시선은 주변 공간으로 향했고 그럴 때 공간은 구체화되어 '나'의 감성에게 말을 걸어왔다. 하지만 이제, 굽음은 시간을 지배하는 자본이나 성공 법칙에 대한 저항적 이탈이자 바보스러운 자유에 지나지 않는다. 굽은 길을 걷는 사람들 혹은 낯선 곳의 비좁고 굽은 골목길을 헤매는 사람들은 세상을 거스르는 철없는 여행자들뿐이다. 그들은 빠르고 익숙한 것의 반대 방향으로 걷고 있는 것이며, 적나라하게 자신들의 육체를 드러내고 있지만 아무도 시선을 주지 않는 소외의 공간, 빈민촌의 어두운 골목길 속으로 고독하게 들어가고 있는 것이다. 속도나 변화와는 거리가 먼 굽은 길은 이런 이탈자들에게만 디오니소스적인 것과 나태, 광기 등이 뒤엉켜 꿈틀대는 자신의 속살을 거리낌없이 드러내 보인다.

하지만 슬프게도 우리가 만나는 모든 길은 곧은 길뿐이다. 곧은 길은 사라짐이다. 나타남과 머묾은 없다. 곧은 길은 감각, 사유,

길은 사람이 만들었지만 그 길은 사람을 길들였다.

공간 그리고 타자를 사라지게 만든다. 곧은 길의 날카로운 절대성은 오직 하나밖에 없는 장소, 곧은 길 자신만을 남기고 그것으로부터 벗어난 타자 혹은 다른 공간들의 존재조차 허락하지 않는다. 곧은 길, 속도가 전부인 그 길은 이 공간에서 저 공간으로 이동하는 것이 아니라 자신 이외의 모든 공간을 지워버림으로써 갈 곳이 없는, 그래서 전속력으로 달려가고 있지만 움직이지 않고 있는 것이다. 길의 본질, 이동은 결국 곧은 길에 의해 사라지고 있다. 이때 사라지는 것은 공간과 타자만이 아니다. 공간 속에 존재해야 하는 '나' 자신도 함께 사라지게 된다. 빠른 속도 위에는 결국 시간이 주체가 되고 '나'는 주변적인 것으로 밀려나게 된다. 그래서 '나'는 주체가 된 시간이 두렵다. 그 시간은 짧고 날카롭기 때문이다. 결국 '나'의 입은 "왜 이렇게 시간이 부족하지"라는 습관적 말투를 달고 살게 된다. 역설적이게도 시간을 절약하기 위해 등장한 곧은 길은 오히려 우리의 시간을 빠른 속도로 빼앗아 가고 있는 것이다.

우리의 존재 방식은 곧은 길을 피하고 도시의 속살 혹은 낡은 건물 뒤편이 만들어낸 굽은 길을 따라 느리게 걷는 것이다. 이것은 잃어버린 '나'의 공간과 시간을 되찾는 것인 동시에 굽은 길을 에워싸고 있는 모든 것에 생명을 불어넣는 일이다. 노인들의 위태로운 걸음이 행인들의 관심과 걱정을 만들고, 꼬마들의 천방지축 휘젓는 걸음이 바라보는 이들의 동심을 유발하며, 연인들의 팔짱 낀 걸음이 외로운 이들을 미소 짓게 한다. 이런 느린 걸음들이 굽은 골목길에 닿을 때마다 그것들은 오선지 위의 음표들처럼 리듬을 만들어내고 도시를 춤추게 한다. 초라한 상점들의 오래된 진열품 혹은 벽에 그려진 낙서나 광고물들, 손님을 기다리는 낡은 식당 주인의 따뜻한 얼굴과 소통하는 것이다. 도시의 속살, 골목길의 평온한 들숨과 날숨이, 빠름으로 허덕이는 도시를 다독이는 것이다.

날카로운 직선과 곧은 시간에게 지배당한 세상. 이곳에서 잃어버린 '나'를 되찾는 길은 굽은 길 위로 '순례자'가 되어 떠나는 것이다. 라마 아나가리카 고빈다가 『흰구름의 길』에서 "땅 위의 순례자는 가장 먼 지평선 저 너머, 이미 그의 내면에 현존하지만 아직 그의 눈에는 보이지 않는 그 어떤 목표를 향하여 그를 인도해 가는 보다 더 광대한 생명의 숨결에 몸을 맡긴다"라고 말한 것처럼 말이다. 곧은 길은 걸을 수 있는 길이 아니다. '나'의 의지와 상관없이 질주만 해야 하는 공간이다. 그것도 나의 두 발이 아닌 기계적인 것들에 의해서. 결국 우리가 걸을 수 있는 길은 굽은 길이다. 순례자가 되어 느리게 걷지 못한다면 '나'는 걸을 수 없는 불구자와 다를 바 없다.

길

길이 싫어

길을 나서니

구불구불 길이 나오네.

그 길은

잠든 안개 끝으로

흔들리며 걸어가네.

가끔, 바람이 머리칼을 헝클고

들꽃이 손을 건네지만

그저 혼자서 걸어가네.

아마, 낙엽이 안개를

붉게 껴안을 때쯤

그 길도

모퉁이에 낡은 배낭을 풀고

그렇게 쉬어 가겠지.

눈 물

불멸의 머리칼을 한 크로노스는 아름다운 대지에서 놀고 있던 소녀 아도니스를 납치했다. 그는 눈물을 흘리며 저항하는 그녀를 금수레에 태워서 사라졌지만 신과 인간들 가운데 어느 누구도 그녀의 울음소리를 듣지 못했다. 오직 그녀의 어머니만이 그녀의 울음소리를 천둥소리처럼 들을 수 있을 뿐이었다. "완벽한 아름다움 속에서 피어난 가녀린 꽃, 아! 지칠 줄 모르고 대기를 가르는 그 아이의 찢어지는 울음소리가 들리지 않나요? 마치 누군가가 그 아이에게 폭행이라도 하듯이 말이에요"라고 그녀의 어머니는 헬리오스에게 애원하듯 소리쳤다. 하지만 헬리오스는 대수롭지 않다는 듯 그녀의 말을 무시한 채 지나가버렸다. 이렇게 눈물은 누군가

에게는 가슴 찢는 절규이지만 누군가에게는 소리 없는 허망한 몸
짓에 지나지 않는다.

　　눈물은 사라지고 있다. 인간의 진화 과정에서 꼬리가 사라지
고 뼈의 흔적으로만 남아 있듯이 눈물샘도 퇴화의 길을 걷고 있는
육체 기관 중의 하나가 되어버렸다. 눈물은 더는 사회 혹은 타인들
이 필요로 하는 자극의 매개체가 되지 못한다. 사회는 눈물보다 강
렬한 눈빛 혹은 커다랗게 입을 벌리고 치아 사이로 쏟아내는 웃음
을 원한다. 감정의 저울이 심하게 기울고 있다. 울고 싶을 때도 우
리는 웃어야 한다. 그렇게 눈물샘은 의식적으로 외면당하고 있다.
동시에 감각적 대상들의 감정적 수용과 변환 과정에도 변화가 생
겼다. 보고, 만지고, 들어야 할 것이 너무 많아지면서 그것들을 감
정적으로 변환시켜 우리의 마음과 몸속으로 전달할 시간이 부족
해진 것이다. 그래서 사색과 숙성을 위한 절대적 시간을 필요로 하
는 눈물은 만들어질 수 없고 단지 아주 짧은 시간 속에서도 순간적

으로 만들어졌다 사라지는 웃음거리에 관한 감각적 대상들만 우리의 감정 속에 쌓이며 머물고 있는 것이다.

　　이제 사라져가는 눈물은 약한 남자의 초라함이나 교태를 부리는 여자들의 속임수라는 멍에만을 걸치게 되었다. 눈물은 남성의 나약함이요, 여성성의 하나로 치부되고 있는 것이다. 그래서 사람들은, 특히 남자들은 눈물 대신 위선적인 미소를 만들어내야 하고 동시에 어떤 것도 자신을 슬프게 만들 수 없음을 입증해야만 한다. 여자들도 남자들의 사랑을 구걸하기 위해 더는 눈물을 수단으로 삼지 않는다. 그래서일까. 과거와 달리 영화나 드라마에서도 눈물을 흘리는 여인보다 욕설을 퍼붓는 악녀들이 관객과 시청자들을 매료시킨다. 눈물은 관객과 시청자들의 감정을 흔드는 드라마적 기제로서의 힘을 상실한 것이다. 이제 현대인에게 눈물은 감기 환자의 기침과 다를 것이 없다. 기침이 타인에게 연민을 이끌어내기보다 경계와 멸시의 대상이 될 뿐인 것처럼 말이다.

정말 눈물은 나약함의 상징일까? 그것은 결코 아니다. 곧게 만 자란 나무, 그래서 부드러움이 전혀 없는 나무들에게는 물기의 촉촉함이 필요하다. 그 나무가 약간의 물기조차 갖지 못한다면 쉽게 부러지고 말 것이다. 물기는 바람과 가뭄을 막아낼 수 있는 나무의 보이지 않는 강한 힘이다. 이처럼 눈물은 외형적 단단함과 건조한 내면으로 인해 말라가고 있는 현대인의 삶에도 필요하다. 현대인은 눈물을 욕망해야 한다. 외형적 단단함과 내면의 건조함은 감정에 남아 있는 물기를 증발시켜 자신의 삶을 사막으로 만들어 버린다.

한 방울의 눈물은 존엄성을 가진다. 눈물은 단단함으로 굳어 져버렸거나 혹은 말문을 막아버린 시대 속에서 감정의 내밀한 언어들을 대변한다. 눈물은 솔직함과 순수함을 닮았다. 어떻게 보면 선善에 가장 가까운 형상이라고 말할 수도 있을 것이다. 따라서 눈물은 인간의 근원적 감정 혹은 선한 본성들과의 원초적인 만남이다. 또한 이것은 어떤 해석이나 번역을 필요로 하지 않는 누구와도 소통 가능한 가장 보편적인 언어이다. 그래서 강해 보이는 남성들, 혹은 이성적으로 완벽해 보이는 사람들이 흘리는 눈물에서조차도 우리는 이유를 묻지 않고 그의 들썩이는 어깨를 토닥여준다. 눈물만큼 명백하고 강한 메시지의 언어가 과연 또 있을까. 눈물이 쏟아지는 가운데 한두 마디의 말들이 입 밖으로 튀어나온다면 그것은 오히려 타인과의 깊은 소통을 방해하는 장애물이 될 것이다.

눈물을 흘린다는 것은 무엇과도 비교할 수 없는 큰 기쁨이다. 눈물은 스스로 외면했던 혹은 타인들에게 보이고 싶지 않았던 것들이 웅크리고 있는 심연 속으로, 가장 비밀스러운 그곳까지 자신을 데려간다. 타인으로 인해 의식적으로 버려졌던 자신의 가장 내밀한 것과의 만남이 눈물로 인해 이루어지는 순간이다. 동시에 이것은 타인에게 자신의 고뇌 혹은 기쁨을 솔직하게 드러내 보일 수 있는 기회이기도 하다. 이것은 타인과의 감정적 교류가 투명하게 시

눈물은 솔직함과 순수함을 닮았다.

작된 것이며 타인과 '나'의 소통을 가로막고 있던 '이성의 장벽'을 허무는 과정이다. 나의 울음소리는 어떤 음악적 리듬보다도 상대방을 부드럽고 감정적인 존재로 만들 수 있다. 웃음이 공허한 것에 지나지 않는 것에 반해 울음은 그 공허함을 깨는 투명한 진실이다.

우리는 언제 이런 눈물과 만날 수 있는 것일까? 그것은 타인에게서 빚어진 불편한 감정들과 억눌린 '자기애' 간의 대척점이 극점에 이르렀을 때이다. 이성에 의해 포장된 거짓 감정들이 삭고 발효되어 이성의 표면을 뚫고 올라오는 순간 등줄기를 타고 오르는 오래된 감정의 전율이 온몸으로 퍼져나가 '나' 자신도 주체할 수 없는 어떤 힘에 굴복하는 순간이다. 미래를 버리고, 타자의 눈을 외면하며, 이성 따위에 연연하지 않는 용기 있는 감정의 결단이 눈물의 시작이다. 그래서 눈물은 뜨겁다. 온몸과 영혼이 일정한 온도까지 뜨거워지지 않는다면 눈물은 생성될 수 없다. 뜨거움은 강하다. 차가움 혹은 그와 같은 속성의 것들로 가득찬 세상을 녹일 수 있기 때문이다.

　자, 보라. 눈물은 남성의 나약함과 여성성으로 치부될 수 있는 것이 결코 아니다. 오히려 눈물을 가질 수 있는 자들이 강한 자다. 비 한 방울 내리지 않는 사막 위의 메마른 영혼들, 가시만 매달고 있는 선인장에게 참았던 눈물을 뿌리자. 눈물이 타인의 감정 속으로 들어가 그의 내면에 깊게 박힌 가시를 뽑아내고 여인의 입술처럼 아름다운, 붉은 꽃을 피우도록 하자. 눈물을 흘릴 수 있는 능력을 상실했다면 우리의 영혼은 이미 늙은 것이다. 그런 영혼은 죽음만이 가깝다. 태초의 눈물, 탯줄의 끊어짐이 있었던 그날의 울음으로 돌아가자. 눈물은 뜨겁고 강한 생명의 붉은 핏줄이다.

날 개 없 는 새

날개가 사라졌다.

날아서는 안 된다.

날개 속엔 너의 붉은 장미가

나의 정열 뒤에 숨어 흐느낀다.

그렇게 그날의 날갯짓은

나를 찢고 장미를 삼켜

심장의 핏덩이로 틀어앉았다.

노을이 너의 허리를 감싸던 시간들이

나의 목구멍에 걸려 숨이 막힌다.

날개가 돋으려 한다. 하지만

오늘도 나는

하늘에서 길을 잃었다.

달이 뜨면 장미에 찔려

길을 잃는 별처럼

날개가 사라졌다.
바람이 아프다.

육감

    우리는 감각을 오감으로 한정하고 그것이면 충분히 세계를 파악할 수 있다고 생각한다. 하지만 오감은 세계를 담기에는 너무나 초라한 파편이며 비연속적인 수단에 지나지 않는다. 즉, 오감은 우리의 정신이 합리성과 타협해 만들어낸 불구의 하인이다. 하지만 오감이 불구라고 해서 쓸모없는 것은 아니다. 오감은 나름으로 우리의 의식에 신호등 같은 역할을 해주기 때문이다. 우리는 자동차가 오지 않아 길을 건널 수 있음에도 신호등은 우리를 횡단보도 양 끝에 세워둘 수 있는 힘을 가지고 있다. 이와 마찬가지로 오감은 모든 사람이 사물을 동일하게 인식할 수 있는 통로가 되어 세계가 혼란 속으로 빠지는 것을 막고 합의된 질서 속으로 우리를 유도

한다. 하지만 오감의 파편적이고 개별적인 속성은 우리가 세계의 본질에 접근할 수 있는 길을 봉쇄한다.

그런데 육감이 오감의 손을 잡는 순간 세계 혹은 감각의 대상들은 그들의 본질을 드러낸다. 육감이 오감의 파편에 모자란 조각을 붙여주고 동시에 개별적으로 존재했던 감각들을 서로 연결시켜준 것이다. 그럴 때 대상물의 바깥으로만 향해 있던 감각들은 그들의 내면으로 방향을 전환한다. 예를 들어, 바람이 부는 행위는 우리에게 시각적으로 다가올 수 없는 촉각적 현상이다. 우리가 바람을 감각할 수 있는 것은 피부에 와 닿는 느낌으로만 알 수 있다. 다시 말해 '바람'은 무형상의 존재이기 때문에 시각적으로 인식할 수 없는 대상이다. 하지만 우리는 나뭇가지가 흔들리거나 길거리 위의 먼지들이 떠오를 때 바람이 분다는 사실을 인식할 수 있다. 분명 '바람'의 외적 형상이 보이지 않았음에도 우리는 시각적으로 바람을 지각한 것이다. 하지만 이것은 바람 그 자체를 지각한 것이 아니라 바람의 속성을 지각한 것이다.

　'바람이 부는 것'을 통념의 관점으로 본다면, 우리는 시각과 촉각에 관한 판단의 기로에 서야 한다. 하지만 이것은 시각과 촉각 어느 한쪽이 주인의 자리를 차지할 수 있는 것은 아니다. 이것은 오감이 우리의 정신 속에서 혼합되고 육화될 수 있도록 육감이 작동한 결과이다. 즉, 정신이 나뭇가지의 흔들리는 원인을 바람으로 인식하고 육화한 것이다. 이렇게 다져진 감각은 촉각과 시각이 결합할 수 있도록 그것은 확인할 수 없는 대상의 본질에 우리를 한발짝 다가갈 수 있도록 도와준다. 여자들의 육감은 예리하다고들 한다. 이것은 여자들이 남자들보다 오감을 자유자재로 결합할 수 있기 때문에 보지도 듣지도 않았음에도 불구하고 특정한 대상의 감춰진 부분을 들춰낼 수 있는 능력이 존재함을 의미하는 것이다. 예를 들어 남자친구가 여자친구 몰래 누구도 보지 않는 곳에서 다른 여자와 키스를 했다고 할지라도 그의 여자친구는 육감적으로

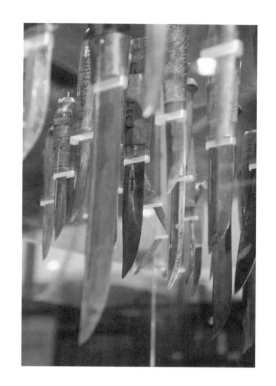

육감이 오감의 손을 잡는 순간
세계 혹은 감각의 대상들은
그들의 본질을 드러낸다.

그 사실을 감지한다. 이것은 여자친구가 평상시 오감으로 남자친구를 지각한 후 그 결과들을 육감화해두었기 때문에 가능한 일이다. 이처럼 육감은 오감으로 감각되기 이전의 것, 대상의 감각될 수 없는 것들, 수수께끼 같은 대상의 본질들을 오감으로 다양하게 결합하고 조정하여 해석하는 불완전하면서도 가장 믿음직스런 감각이다.

시 선

빛의 노예들

태양이 벗겨놓은 상한 껍질들을

혀를 날름거리며

침을 흘리고

그 맛에 취해

하얀 속살을 뱉어버리는
간사하고 초라한 게으름.

빛이 죽어버린 밤거리엔
공포의 시간들만
침묵 속으로 흘러가고
태양을 닮은 가로등이
여기저기서 분노한 신神처럼
혹은 표독스런 간수처럼
불안의 감옥을 지키고 서 있다.

빛의 감옥에 갇힌 노예들이여
너희를 기만하는
빛의 꼭두각시인 두 눈을
도려내라

태양이 자신의 등 뒤에 감춰둔

우주처럼 광활한 호수에는

수많은 언어의 물고기들이

구름 위로 헤엄쳐 오르고

환상과 공상의 조각들은

사막의 모래 위로

하얀 눈꽃이 되어 쏟아진다.

아름다움

"건장한 트로이인과 아카이아인들이 여인네 하나 때문에 그렇게 오랜 시간 전쟁의 고통을 겪고 있다는 것이 수치스러운 일은 아니군. 그녀를 보니 흡사 여신 같아! 그렇기는 하나 그녀가 그렇게 아름답더라도 배를 타고 떠나게 해야 해. 우리에게, 그리고 나중에는 우리 자식들에게 화근이 될 터이니 여기 남겨두어서는 안 돼." 이렇게 여성의 미美는 모든 것에 치명적인 눈물이다. 트로이를 함락시킨 메넬라오스의 날카로운 칼도 배신의 그녀, 아테네의 아름다운 젖가슴 앞에서는 무용지물이 되고 말았다. 저항할 수 없는 여인들의 치명적인 아름다움, 그것은 그녀들을 바라보는 주체들을 비극으로 빠뜨리고 정신적 무방비 상태로 변화시킨다. 그것을 흠모하는 이들의 영혼을 빼앗아 다른 그 무엇보다도 그것의 광휘를 숭배하도록 그들에게 강요한다. 오! 여인들의 아름다움이여, 너무도 투명한 비극이여!

　하지만 슬프게도, 그 아름다움은 '그녀'의 것이 아니다. 어떤 이들이 아름답다고 말하는 '그녀'는 그들이 예찬하는 '아름다움'을 소유할 수 없으며, 그것들을 분유分有하고 있지도 않다. 다시 말해, 아름다움은 '나르시스의 물에 비친 자신의 모습'처럼 자신의 것임에도 자신의 것이 될 수는 없다. 자신의 아름다움을 잡기 위해 손을 뻗으면, 물결이 일렁거리면서 자신의 아름다움은 무엇보다 추한 모습으로 변해 자신을 놀라게 할 뿐, 자신이 만든, 자신을 유혹한 아름다움은 사라지고 만다. 또한 물속의 아름다운 자신을 바라보는 순간, 그녀는 이미 타자의 시선을 가진 주체로서의 '나'와 동일한 존재로 변하게 된다. 따라서 '그녀'는 물속에 잠긴 자신의 아름다움을 대상화하는 주체로서 '나'처럼 아름다움에 관한 인식의 가능성만 소유할 뿐 자신의 아름다움은 직접 소유할 수 없게 된다.

그렇다고 '그녀'의 아름다움이 주체로서 '나'의 것이 되는 것도 아니다. 내가 소유할 수 있는 것은 그녀를 아름답게 느끼고 싶은 욕망과 감각뿐이다. 특히 욕망에 지배당한 시각은 그녀의 미적 가능태들을 실제 대상과 떨어져 존재하는 주체(나)의 욕망 속에서 자의적으로 재구성하는 오류를 범한다. 즉, 주체로서 '나'가 소유한 그녀의 아름다움은 그녀를 향한 '나'의 긍정적이고 애욕적인 감정의 향연일 뿐이다. 실체가 없는 것들을 향한 감각과 욕망의 축제의 장인 것이다. 결국 그녀의 아름다움은 어떤 대상의 실체 속에서 그것의 구성 요소나 일부로서 선천적으로 존재하고 있는 것이 아니라 단지, 그녀를 대상으로 삼는 주체의 시선과 욕망이 대상의 실체에 부딪혀 반사되어 되돌아오는 과정의 시간 속에 머물 뿐이다.

이렇게 누구의 것도 아닌 어디에도 존재할 수 없는 '그녀'의 아름다움은 그녀를 바라보는 타자(욕망의 주체)가 많으면 많을수록 아름다움의 완전성에 가까워진다. 하지만 동시에 타자들의 개별적 아름다움의 조건이나 형상과는 더 멀어지게 된다. 아름다움은 형식적인 것이다. '그녀'라는 내용, 그녀가 아름다움의 성질을 가지고 있음을 담아내기에는 부족한 형식적 구조에 지나지 않는 것이다. 단어가 대상의 속성과 아무 상관없이 불리는 것과 마찬가지이다. 어떤 대상에 관한 언어적 표현이 너무 시적이고 근사하다고 해서 그 대상 자체가 아름다운 것은 아니며 게다가 대상을 지칭하는 단어 속에는 아름다움의 속성과 관련된 것이 존재하는 것도 아니다. 어떤 대상이 '아름답다'라는 단어의 부름을 받는 것은 그 대상과 다른 것의 '차이'가 존재할 때 허락된다. 즉, 그녀의 '아름다움'은 그녀와 다른 여인들의 차이에서 생겨나는 것이며 그 차이를 발견한 주체들이 '아름답다'는 단어를 그녀에게 선물하는 것이다.

그렇게 만들어진 그녀의 아름다움과 그녀를 바라보는 타인들

그녀의 '아름다움'은 특히, 남성들에게
무엇보다 강력한 '권력'이다.
남성의 이성과 도덕성 안에서 그것들을
자유롭게 조정하는 감춰진 폭력이다.

과의 차이는 타인들에게 감정적 광기의 상태를 만들어준다. 소크라테스가 크세노폰에게 "자넨 바보네. 저 아름다운 이들은 자네에게 입을 맞추면서 자네 입에다 뭔가를 집어넣는다네. 다만 자네가 그걸 볼 수 없을 뿐이지. 그들이 '아름다움과 젊음'이라고 부르는 야수는 독을 품은 거미보다 훨씬 더 무서운 것임을 자네는 깨닫지 못하는군"이라고 말한 것처럼 아름다움, 특히 젊음이 내뿜는 아름다움은 이성을 마비시키기에 충분하다. 타인의 '육체적 불완전성'과 육체적 '완전성의 꿈' 사이에서 발생하는 불균형이 독이 든 '아름다움' 앞에 자신의 이성과 모든 감각을 내려놓는 것이다. 만약 아름다운 '그녀'에게서 허영심이나 게으름 혹은 비도덕적인 것이 발견된다고 할지라도 우리의 감각은 그것을 무시하거나 혹은 그것들마저도 '아름다움의 덕'으로 간주한다. 아니, 그녀의 '아름다움'은 특히, 남성들에게 무엇보다 강력한 '권력'이다. 남성의 이성과 도덕성 안에서 그것들을 자유롭게 조정하는 감춰진 폭력이다.

하지만, 이렇게 자신의 의지와 상관없이 그녀에게 던져진 '아름다움'은 오히려 자신에게 슬픔을 잉태하는 역린逆鱗과 같은 것이다. 즉, 타인의 시선을 만족시키기 위한 '미의 완전성'에 집착하는 그녀의 욕망, 다른 여인들과의 '차이'를 만들기 위한 노력과 열정이 자신의 본질을 죽이고 타자의 시선에 갇혀 자유와 개성을 잃게 된다. 또한, 그녀가 아름다움의 완전성에 가까워지거나 가까울수록 불완전성의 세계에서 비대칭적 신체 구조를 가진 타인, 아폴론적 시선을 포기하며 살아가는 사람들과 거리는 더욱 멀어지게 된다. 결국 그녀의 아름다움은 그녀를 그녀와 타인 모두에게서 소외시키는 양날의 칼, '차이'의 모순적 슬픔이다.

또한 그녀를 향한 관심의 시선은 오히려 그녀를 수동적으로 변화시켜 나약한 존재로 만든다. '주인'이 '노예'를 지배하지만 '노예'에 종속될 수밖에 없는 것처럼 말이다. 이것은 아름다움의 대상으로서의 '그녀'가 타인을 향해 주체적으로 자신의 욕망과 시선을 보낼 필요성을 갖지 못한 것에서 빚어지는 운명적이며 비극적인 종말의 시작이다. 이것은 타인에게 관심의 시선을 받지 못한 대상들이 피동성을 버리고 능동적인 주체가 되어 타인을 향해 자신만의 '개성적 아름다움'으로 다가서는 살아 있는 몸짓과는 정반대의 것이며 결과 역시 역전적이다. 즉, 아름다움에서 소외되었던 대상들 혹은 여인들은 주체적이고 변화적인 힘에 의해 새롭게 아름다움의 주인이 되어가는 반면, 아름다움의 기준, 타인의 시선을 한 몸에 받았던 그녀는 시든 꽃처럼 생기와 매력을 잃은 채 사라져가는 것이다. 오! 아름다움의 역설적 비극이여. 그대는 꽃의 눈물이구나.

'미적 차이'로 인한 무경쟁적 승리, 형식적 구조에 불과한 '그녀의 아름다움'은 회의주의자나 비관론자들이 더없이 무미건조하고 맹목적인 비판으로 뒤흔듦에도 타인, 특히 남성들에게는 거부할 수 없는 절대적인 힘으로 다가온다. 남성들은 아름다움의 권력 안에서 벗어나지 말아야 할, 그녀의 아름다움에 관한 감정의 광기를 제거해서는 안 되는 그런 절대적 의무 속에 자신을 가둬버린다.

우 산 (雨山)

비가 오니 사람들은 산에 들러 하지 않네

물소리는 계곡마다 창창하고

나뭇잎은 바람 따라 짙푸른데

바람 몰아치니 사람들은 산을 보려 하지 않네

바람소리 발자국을 쓸어내니

다람쥐 길 위에 주인이네

비바람 거세지니 산 정상 오를 수 없네

정상의 아름다움 먹구름에 묻혔지만

시 한 수 얻었으니 그것 또한 기쁨이네.

이름

오후가 뜨겁다. 브라질 리우데자네이루의 코파카바나 해변에는 아름다운 여인들의 육체가 태양을 더욱 뜨겁게 만들고 있다. 그녀들의 숨 막히는 역동성은 길거리 화가들의 화폭에서 붉은 꽃으로 피어난다. "아저씨, 이 그림 얼마예요." "10달러만 주시오." "정말이요, 이렇게 멋진데 10달러밖에 안 해요." 아저씨는 웃으며 대답했다. "네, 나는 이름 없는 길거리 화가잖소. 그래서 그림에도 나의 사인이나 도장은 없소." 나는 해변의 모든 여인이 나의 애인이나 된 듯 기분 좋게 그림을 안고 돌아섰다. 하지만 아저씨의 '나는 이름이 없소'라는 말이 귓가에서 오래도록 잔음으로 맴돌았다. 그리고 아저씨의 웃음도 잔상으로 남아 작은 궁금증을 유발시켰

다. '그 웃음은 이름의 구속에서 벗어난 자유로움일까? 아니면 이름 없음이 만든 쓸쓸함일까?'

우리는 언어로 경험을 저장하고 과거를 재생산한다. 동시에 재생산된 기억은 현재에서 과거보다 생동감 있게 살아나고 확장된다. 이처럼 언어로 포장되지 않는 한 어떤 경험이나 시간도 영원성을 가질 수 없다. 또한 언어의 입김이 닿지 않은 것들은 그저 삶의 배경에서 멀어져 의식 밖에서 흐릿하게 머물 뿐이다. 즉, 그 어떤 존재든 언어 없이는 언어적인 것들과의 경계와 존재의 근거를 얻지 못하게 된다. 그렇다면 이런 언어는 누구(존재의 지위를 갖는 모든 것)의 것이며 그것의 모습은 어떨까? 중요한 사실은 언어는 어느 누구의 것도 아니며 실체로서의 형상도 가질 수 없다는 것이다.

언어는 언어로 불린 물物(대상)의 것도, 언어를 사용하는 주체의 것도 아니다. 언어는 물物을 온전히 대변할 수 있는 것이 아니며 주체의 손을 떠난 언어는 이미 주체의 소유도 될 수 없기 때문이다. 따라서 언어는 물物, 즉 대상의 것도 아니며 동시에 주체의 소유도 아닌 그 사이의 경계 위를 위태롭게 오가는 타자의 그림자일 뿐이다. 다시 말해 발화자로서의 주체적 언어는 타자에게 타자의 언어이며, 발화자였던 주체에게 타자의 언어는 타자의 언어인 것이다. 결국 언어는 어디에도 자리 잡지 못한 채 타자라는 이름으로 남게 되지만 주체의 상대적 개념으로서의 타자이지도 못하기 때문에 타자의 그림자가 될 수밖에 없는 것이다. 즉, 아버지와 어머니 사이에서 두 사람의 피를 받아 태어난 자식이 누구의 소유도 될 수는 없지만 그들의 그림자를 갖고 살 수밖에 없는 것과 마찬가지이다.

자, 식탁 위에 놓인 사과와 배를 보자. 내가 '사과'라고 부를 때 그 대상은 어떤 반응을 보일 수 있을까? '사과'는 그 이름으로 온전히 사과가 될 수 있는 것일까? 아마도 사과는 자신이 생각하는 것과 많이 다른 그 부름에 당황해하면서 혹시나 하는 마음으로 옆에 있는 배를 쳐다볼 것이다. 자신의 어떤 특성에도 그 표현에 해당하는 것들이 없거나 그 지칭은 다른 것들과 공유될 수 있는 아주 작은 부분에 지나지 않기 때문일 것이다. 만약 '사과'라는 대상의 이름을 모르는 아이는 사과를 그냥 '이것'이라고 지칭해도 그 순간 '사과'는 '사과'가 될 수 있다. 즉, '사과'는 사과라는 단어가 아니어도 '사과'로 존재할 수 있는 것이다. 따라서 '사과'라는 단어는 '사과'라 부를 수 있는 주체의 의식적인 임시 소유물에 지나지 않으며 동시에 그것은 '사과'라는 대상물이 일시적으로 거주하는 집일 뿐이다. 그것은 '사과'와 '사과'라 불리지 않는 것, '배'와의 경계선에 놓인 모든 타자의 그림자에 불과한 것이다.

그렇다면 언어에 의해 재생산된 기억과 경험 또한 우리의 것이 될 수 없다. 우리의 능력과 무관하게 타자의 그림자가 작동해야 그것들은 생명을 얻을 수 있기 때문이다. '타자의 그림자'가 우리의 의식과 행동, 심지어 시간까지도 통제하고 있는 것이다. 역설적이게도 홀로 존재할 수 없는 언어, 단지 누군가의 그림자에 지나지 않는 언어가 발화자인 인간의 삶을 지배하는 주인이 된 것이다. 언어가 인간을 지배하는 첫 번째 방식은 바로 '이름'이다. '이름'은 결코 '나'의 것이 될 수 없다. 왜냐하면 나의 이름은 타자에 의해 불릴 때만 생명을 가질 수 있으며 그렇지 않을 때는 존재성을 가질 수 없기 때문이다. 즉, 타자가 그 이름의 주인이 되는 것이다. 그럼에도 이름을 가진 인간, '나'는 그 이름이 자신의 가장 명백한 소유물이자 자신의 존재를 증명할 수 있는 결정적 단서라고 생각한다.

아! 얼마나 서글픈 일인가. 내 것에서 가장 거리가 먼 이름에 목숨을 걸고 싸우고 있다니. 인간이 자신의 본질이나 존재와 무관한, 단지 껍질에 불과한 '이름'에 목숨을 걸고 투쟁적으로 전진하는 모습은 자신보다 길어진 그림자에 희롱당하는 꼬마와 다르지 않다. '이름'은 타인들에 의해 불리는 경우가 많아질수록 '나'에게

이름, 그것은 분명 나의 것이 아니다.
타자와의 경계선 위에서 위태롭게 걷고 있는
타자의 그림자일 뿐이다.

서 점점 더 멀어진다. 스타들이 그들의 이름이 대중들에게 많이 불리면 불릴수록 자신의 본질적인 삶에서 소외되는 것처럼 말이다. 즉, 스타들은 자신의 삶을 사는 것이 아니라 자신이 맡았던 배역으로 살 수밖에 없는 것이다. 그들의 이름은 타인의 욕망에 춤을 추는 꼭두각시로 별질된 것이다.

그런데 이름은 나와 타인 모두를 구속한다. 그림자에 지나지 않는 형상이 본질체를 움직이고 있는 것이다. 하지만 분명한 것은 그림자와 그림자를 만드는 본질체는 동일할 수 없다는 것이다. 어떤 대상물의 그림자는 태양의 위치나 방향에 따라 달라질 수밖에 없다. 동시에 그것은 대상물의 외적인 형태만을 흑백으로 담아내는 것이 전부이다. 본질체의 보이지 않는 내적인 다양성을 그림자로 담아내기에는 턱없이 부족하다. 그럼에도 그림자의 힘은 세다. 본질체의 외형을 크게 만들거나 혹은 작게도 만들 수 있기 때문이다. 인간들은 자신의 그림자가 작게 만들어지지 않을까 두려워하며 자신의 그림자가 커지길 갈망한다. 하지만 인간들은 그림자가 본질체보다 커지는 순간 본질체마저도 삼켜버린다는 사실을 망각하고 있다.

하지만 타인에게 불리지 않는 이름, 그림자가 작은 이름은 본질체로서의 '나'를 지배하려 들지 않는다. '나' 역시도 그것이 너무 작아 그것의 존재를 인식하지 못한다. 이것은 나의 주체적 삶이 타인의 욕망보다 큰 상태이며 나의 욕망 역시 타인에게로 향함이 사라진 것이다. 우리는 이름의 범주나 영향력에서 벗어날 수 없다. 하지만 이름의 범주나 영향력을 작게 만들 수는 있다. 그것은 나의 바깥으로 빠져나가려는 이름을 단단히 단속하는 것이다. 또한 누군가 나의 이름을 부르려고 한다면 그의 입을 막아버리면 된다. 이름이 불림으로 인해 나의 본질이 훼손되는 일이 없어야 하며 나의 이름이 타인에게 도달해 그들의 삶을 지배하지 않도록 경계해야 한다. 이름, 그것은 분명 나의 것이 아니다. 타자와의 경계선 위에서 위태롭게 걷고 있는 타자의 그림자일 뿐이다.

리 듬   안 에 서

밤이 풀어놓은 수수께끼의

흐릿한 기억에 붙들려

생각의 끝이

나로부터 멀어져

고독의 재앙을 노래하는

은폐의 리듬.

부족한 리듬 한 조각을

또 생성하기 위해

침묵을 회귀시켜

딱딱하고 빈 틈 없는 공간 속에

나를 끼워놓는

온화한 광기의 리듬.

오! 파편화된 리듬들

흐르지 않고 떠다니는

의무감을 고갈시키고

죽음의 욕망에 물음을 던져

무지無知의 답 속에

나를 가둔다.

대중목욕탕

12월, 터키의 항구 도시, 체스메라에 밤이 내렸다. 풍랑으로 발이 묶인 배들은 그리스 역사만큼이나 낡은 자신들의 육신을 달빛 속에 편히 담그고 있었다. 하지만 에게해 한가운데 고독하게 떠가는 나의 배는 공포로 인해 오랜 시간 흔들렸다. 쏟아지는 구토는 배멀미가 아니었다. 풍랑에 조각난 불안한 의식의 잔해들임이 분명했다. 한 잠도 잘 수 없었다. 7층 창문까지 튀어오르는 위협적인 파도들이 나를 침묵 속에 가두었다. 나에게 남은 건 공포가 전부였다. 선실의 공간에 여백은 없었다. 그것들조차도 공포로 가득 차 있었기 때문이다. 내가 가려고 하는 소아시아의 최대 항구 도시 '에페소'도 지진으로 사라지기 직전 이런 공포가 가득했을 것이다. "에페소에 가면 '셀수스'라는 도서관이 있어. 그리스의 후손들답게 철학자와 과학자들이 주로 애용하던 곳이지. 그곳에서 에페소가 헬레니즘과 로마 시대를 거쳐 최고의 황금기를 누릴 수 있는 지식들이 쏟아졌지"라고 같은 선실에 앉은 터키 노인이 내게 이야기를 시작했다. 공포로 떨고 있는 내가 안쓰러웠는지 재미있는 이야기로 나를 위로해주려고 하는 것 같았다. "그런데 역설적인 것은 바로 도서관 앞에 거대한 대중목욕탕이 있다는 거야. 더 재미있는 것은 대중목욕탕과 도서관 사이에 지하로 통하는 비밀의 길이 있다는 거지." "왜, 지하 비밀통로를 만들었을까요?" "글쎄, 나도 잘 모르지만 로마가 목욕탕 문화로 멸망했다는 학설과 관계가 있지 않을까 싶네. 나는 대중목욕탕이 책 속에 그려진 어떤 천국보다 좋던데." 나의 배멀미는 서서히 사라지고 에게해의 아침은 밝아오고 있었다.

도서관과 대중목욕탕, 참 어울리지 않는 공간이 아닐까라는 생각이 든다. 아마도 지식인들은 책 속에서 찾지 못한 유토피아를 목욕탕에서 찾았던 것은 아닐까. 책 속에는 목욕탕이라는 공간이 주는 순수하면서도 평온한 휴식은 없다. 책 속의 수많은 글자는 끝없이 인간의 정신이나 육체가 만들어낸 것 혹은 만들어야 하는 것들을 파괴하거나 새로 짓느라 바쁘기만 하다. 그런 글자들의 숲속에서 지식인의 영혼과 고단한 육신은 쉴 곳이 없다. 그렇다고 그들은 함부로 책을 내던질 수도 없다. 그것은 자신들을 감싸고 있는, 무겁지만 비단처럼 고급스러운 옷이기 때문이다. 게다가 그 옷에는 타자의 시선이 만들어준 화려한 꽃무늬까지 새겨져 있어 그들의 자의적 힘으로는 벗을 수도 없다. 그 옷들은 그들의 옷인 동시에 그들의 옷이 아니기 때문이다. 그래서 에페소의 지식인들은 목욕탕으로 향하는 좁은 비밀통로에서 남몰래 그 옷들을 벗는 카타르시스를 맛보았을 것이고 목욕탕에 자신의 육신을 담그는 순간, 지식에 갇힌 그들의 고달픈 영혼은 해방되었을 것이다.

그래, 대중목욕탕은 유토피아다. 순수한, 계급과 권위가 없는, 자신의 우위와 열등을 표시할 수 있는 어떤 것도 존재할 수 없는 태초의 평등한 공간이다. 시간의 흔적이 다른 육신들만이 다양하게 존재할 뿐, 고상한 정신도 화려한 의상도 존재할 수 없는 자연스럽고 평등한 존재의 방식이 지배하는 곳이다. 이곳에서는 정신과 육신의 위치가 전복된다. 육신이 '나'의 새로운 주인이 되는 반면 정신은 뜨거운 탕 속에 육신이 담기는 순간 자신도 모르게 내뱉는 '아, 좋다'라는 말과 함께 물방울 속으로 사라져 버린다. 그래서 지식의 양 혹은 밀도로 평가받던 '나' 혹은 '나와 타자'의 구별은 사라지고 타인의 시선과 평가에서 자유로워진 독립적인 개체로서의 '나'만이 존재하게 된다. '나'는 목욕탕 속의 다른 사람들과 크게 다르지 않다는 것을 인식하며 마음의 평안을 얻게 된다. '나'는 단지 남자이거나 혹은 여자, 젊은이 혹은 늙은이일 뿐이다. 국회의원이 아닌 그냥 늙은이일 뿐이며 스님이 아닌 그냥 남자일 뿐이다. 지식과 권위가 아닌 시간의 흔적만이 대우를 받는 자연의 세계가 이곳에 펼쳐진 것이다.

　대중목욕탕은 대기업의 빌딩이나 정부 청사와 같이 부와 권력을 생산하는 중심적인 공간이 아니라 무위만 존재하는 주변적인 공간이다. 중심적 공간이 물질과 그것에서 발생되는 경쟁 또는 관계들로 가득 차 있다면 주변적 공간인 대중목욕탕은 '사람'만을 품고 있다. 중심적 공간은 아무나 그 공간 안으로 진입할 수 없음을 출입구의 철통 같은 경계를 앞세워 사람들을 압도한다. 사람 그 자체가 아닌 지위와 계급을 공간 출입 가능성의 배타적 기준으로 삼고 있는 것이다. 하지만 대중목욕탕은 어디 그런가. 단돈 5,000원만 있다면, 월세를 내지 못해 쪽방에서 힘든 겨울을 보내는 노인네도, 건물을 몇 채나 가지고 있는 부동산 부자도 차별 없이 입장할 수 있다. 심지어 먼저 들어온 동네 꼬마가 탕에서 가장 좋은 자리를 잡을 수도 있다. 모든 것에 열려 있지만 주변으로 밀려나 있던 공간이 이곳에서는 중심적 공간으로 탈바꿈된다. 대중 목욕탕은

대중목욕탕의 문은 쉽게 열린다.
너무 낡아서 언제 떨어질지 모르는 이 문은
누구든 힘들이지 않고 열 수 있다.

타인을 경계의 대상이나 권력의 생산 매체가 아닌 인간 그 자체로 바라보며 어떤 사람과도 소통 가능한 사람 중심의 공간이다. 사람이 공간의 존재를 의식하지 않아도 되는 공간인 것이다.

대중목욕탕은 또한 침묵의 공간이기도 하다. 아버지와 다 큰 아들은 서로의 등을 밀어주며 '많이 컸네, 근데 여자친구는 있는 거니?'라는 가벼운 대화를 나눌 뿐 바깥의 무거운 일에는 침묵한다. 단어와 단어 사이에 숨어 있는 의미와 상징들을 찾으려는 대화는 목욕탕 어디에도 없다. 너무도 작은 공간이라 아주 작은 단어들도 쉽게 전파의 리듬을 타기 때문에 날카로운 바깥의 언어들이 타인의 귀를 건드린다면 그것만큼 큰 실례가 없다는 것을 사람들은 알고 있다. 대중목욕탕은 침묵에 동의한다. 그래서 함께 온 사람들은 소곤소곤 혹은 가벼운 웃음과 몸짓으로 그들의 대화를 대신하고, 혼자 온 사람들은 자기와의 대화 속으로 깊게 침잠한다. 아름다운 침묵이다. 어떤 형태로든 침묵할 수 없게 만드는 바깥세상과는 너무도 다른 풍경이다. 구태여 타인에게 말을 하지 않아도, 행간 속으로 나의 의도를 감추지 않아도 '나'의 존재를 확인할 수 있는 곳, 벌거벗은 육신만으로도 타인과 교감할 수 있는 침묵의 소통 공간, 대중목욕탕. 이곳이야말로 타인의 눈과 귀를 향해 달리던 말들이 나에게로 방향을 전환하는 유일한 공간이다. 무겁고 버겁기만 한 '있음'을 향해 정신없이 달리던 말들을 긴 호흡에 내려놓고 '없음'을 향해 나의 육신을 탕 속에 담그면 비로소 '있음'을 만나게 되는 말들 사이의 휴지休止 공간, 대중목욕탕.

스트린드베리의 〈꿈의 연극〉에는 문지기의 눈을 피해 무대 중앙에 떡 버티고 있는 문을 열어보려고 몇 년 동안 시도해온 장교가 등장한다. 이 장교는 문 뒤를 보지 못해 안달이었다. "저 문! 저 문이 내 마음속에서 떠나질 않아. 대체 저 뒤에 뭐가 있을까? 그 뒤에 뭔가 있는 것만은 분명한데"라고 소리쳤다. 수많은 사람이 그 문을 열기 위해 도전했고 결국 그 문을 여는 데 성공했다. 하지만 문 뒤에는 그들이 기대했던 것과 달리 아무것도 없었다. "무無, 그 것은 이 세상의 비밀을 푸는 열쇠다. 태초에 신은 무無에서 천지를 창조하지 않았던가"라고 한 인물이 말한다. 그렇다. 우리가 열려는 문은 대부분 무겁고 단단하게 잠긴 철문들이다. 그 속에 무엇이 있는지도 모른 채 마냥 다른 사람들을 좇아서 그 문을 열기 위해 고군분투한다. 그 속에 들어가기만 하면 모든 것을 얻을 수 있을 것 같다는 착각들이 그들을 지배하고 있기 때문이다. 하지만 거기 엔 아무것도 없다. 그렇다면 그 문은 우리를 속인 것이다. 하지만 대중목욕탕의 문은 쉽게 열린다. 너무 낡아서 언제 떨어질지 모르는 이 문은 누구든 힘들이지 않고 열 수 있다. 하지만 이 삐걱거리는, 초라하기 그지없는 이 문 안에는 기대하지 않았던 것들이 들어 있다. 게으를 수 있는 여유, 달리는 시간 위에서 언제든 내릴 수 있는 권리, 의심 없는 타인과의 가벼운 대화 등이 그것이다.

　오늘도 나는 며칠 내로 사라져버릴 동네 목욕탕의 문을 연다. 그리고 스스럼없이 낯선 이에게 나의 등을 내민다. 타인의 시선에 짓눌린 내 영혼들이 때가 되어 시원하게 밀려나간다.

초 대 받 은   파 티 에 서

나의 꿈이 궁궐의 문을 박차고

성큼성큼 걸어 들어간다.

그것도 갈라진 발뒤꿈치를 치켜들고

개선장군처럼 자랑스러운 듯

화려하고 뚱뚱한 육체들 사이로

목이 꺾여 붉은 피가

뚝뚝 떨어지는 장미꽃을 가슴에 꽂고

경회루 돌길 위에 멈춰 선다.

포도주에 콧구멍이 홀홀 타고

피가 넘치는 고기 살점을

입 안 가득 복어처럼 가시를 돋아내는

벌거벗은 몸뚱이들.

정체의 그늘에 갇혀 지독한 냄새로

썩어가는 경회루 연못 앞에서

빛을 잃은 별들을 건져내어

입 맞추는 궁녀들.

나의 꿈은 벌거벗은

육체들과 궁녀들 사이에 끼여

목이 잘린 장미꽃을 선물한다.

김빠진 맥주를 홀로 홀짝이고

상한 달걀을 입 안 가득 구겨 넣은 후

끝없이 올라오는 구역질을

굽은 허리의 경비병 신발 위로

진흙을 바르듯 쏟아냈다

눈물이 사라진 별들이

깊게 잠들 때까지.

아! 나의 꿈은

굶주린 귀의 손을 들어

목 잘린 장미의 부활을

소리치려 했던 것일까?

별

모든 사물은 한 방향으로만 떨어지고 있다고 말할 수 없으며 상승하거나 무언가를 떠받치고 있다고 말할 수도 없다. 하지만 모든 사물은 떨어지는 것이며 동시에 상승하고 있다. 또한 동시에 무언가를 떠받치고 있다. 인간이 서 있기만 한 것이 아니라 지구를 밀어내고 동시에 어딘가로 날아오르려고 꿈틀대고 있는 것처럼 말이다. 그렇다면 모든 사물과 인간은 어떻게 다중적이며 모순적인 운동의 방향성을 가질 수 있는 것일까? 그것은 멈추지 않는 회전의 속력과 그것이 생산하는 힘, 중력 때문이다. 지금 이 순간에도 인간을 포함한 모든 만물은 자신만의 속력으로, 크기와 질량에 따른 속력으로 회전하면서 존재의 에너지, 존재의 상호적인 끈을

놓지 않고 있다.

하나의 별, 지구는 자신의 질량이 만들어내는 자전의 속력으로 태양의 질량이 만든 거대한 중력에 저항하고 있다. 아마도 몇만 년 전 지구는 갓 태어난 아이처럼 작고 가벼웠을 것이며 중력 역시 미약했을 것이다. 따라서 거대한 태양의 중력은 작은 지구를 빠른 속도로 끌어당겨 불덩이의 입 속으로 집어넣으려고 했을 것이다. 하지만 끌려가는 긴 세월 동안 지구도 아이가 성장하듯 팽창하면서 중력을 키워갔고 태양의 중력에 맞설 수 있었던 것이다. 두 중력의 균형점은 지구가 더는 태양에 빨려들지 않는 거리, 공전 궤도가 된 것이다. 줄다리기에서 양팀의 힘이 팽팽할 경우 줄이 움직이지 않듯이 당기는 힘, 중력이 균형점에 이르면 두 행성은 힘을 잃고 운동을 멈춘다. 하지만 모든 행성은 운동성을 가지고 있기 때문에 균형점에 다다랐을 때 한 곳에서 정지하는 것이 아니라 중력이 큰 행성을 중심으로 동일한 거리에 있는, 원 모양의 점들 위를 회전하게 된다. 이것이 곧 지구의 공전이다. 지구가 존재 가능한 거리, 지구의 저항력이 정점에 이른 곳이 공전의 범위이다.

지구는 위대하다. 지구는 태양의 불덩이에 빠지지 않기 위해, 자신의 회전 속력을 높이기 위해, 중력을 키우기 위해 자신의 몸집을 팽창시켰다. 자신보다 작은 행성들을 빨아들이고 아주 작은 먼지나 공기들까지도 포용했던 것이다. 그렇게 포기하지 않고 자신을 팽창시킨 결과 태양과의 아름다운 거리, 존재 가능성의 거리를 만들 수 있었다. 모든 주변의 행성들을 집어삼키던 태양을 오히려 지구에 생명의 에너지를 뿜어주는 천사로 바꿔놓은 것이다. 하지만 지구의 몸집이 지금보다 조금이라도 커진다면 지구는 태양의 빛을, 천사의 손길을 잃어버리게 될 것이다. 역설적이게도 지구를 파괴하려고 달려들었던 태양의 뜨거운 불길이 지구와 멀어지는 순간 지구는 차갑게 죽어갈 수밖에 없는 운명에 놓이게 되는 것이다.

인간도 하나의 행성, 별이다. 도넛에 달라붙은 땅콩 조각 같은 아주 작은 별이다. 인간은 지구가 그랬던 것처럼 지구의 중력에 저항하며, 지구의 중심으로 빨려들지 않기 위해 사투를 벌이고 있다. 인간은 지구에 매달려 있는 것도 아니며 지구를 떠받치고 있는 것도 아니다. 태양과 지구가 일정한 거리, 중력의 균형점을 통해 공존하듯 지구와 인간도 일정한 거리, 지구와 인간의 중력의 균형점, 지구의 지각 위에서 두 발을 붙인 채 일정한 속도로 회전하고 있는 것이다. 하지만 지구의 중력이 약해지거나 혹은 인간의 무게가 늘어나 중력의 균형점이 깨진다면 인간은 땅 속으로 빨려들어가 죽음을 맞이하거나 혹은 우주를 떠도는 미아가 될 것이다. 그런데 인간은 독식과 폭식을 즐기며 점점 커지고 무거워지고 있다.

그런데, 정말 인간이 행성들처럼 회전하고 있을까? 표면적으로 보면 인간은 회전하고 있지 않다. 하지만 만물의 하나인 인간이 중력을 가지고 있지 않다면 지구 위에서 두 발로 서 있는 것은 불가능하다. 그렇다면 인간은 회전하고 있는 것이 분명하다. 인간의 회전은 몸속의 피와 물, 그리고 공기들이 타원형으로, 위에서 아래 방향으로 길게 이루어지고 있다. 그 결과 작은 행성들처럼 떠다니던 인간은 강력한 지구의 중력에 이끌리면서도 저항할 수 있는 힘, 중력을 만들어낼 수 있었던 것이다. 인간은 지구의 중력에 빨려들어가는 시간 동안 지구가 그랬듯이 인간의 중력보다 가벼운 것들, 공기를 비롯한 다양한 원소나 먼지들을 끌어당겨 자신의 몸집과 회전력을 키웠다. 그리고 지구 위의 표면에서 생존에 필요한 거리를 확보한 것이다. 다시 말해 인간에게 자전은 물과 피, 공기의 회전이며 공전은 지구의 자전이 되는 것이다.

자, 다시 생존하고 있는 별의 세계로 돌아가보자. 역설적이게도 생존을 위해 자신의 몸집을 팽창시킨 별은 그 무게로 인해 폭발과 함께 죽음을 맞이하게 된다. 별은 생존하면서 동시에 죽어가고 있는 것이다. 별의 죽음은 주변의 작은 먼지나 행성들을 끌어당겨

별의 죽음은 주변의 작은 먼지나 행성들을 끌어당겨
자신의 몸집과 무게를 늘리면서 시작된다.

자신의 몸집과 무게를 늘리면서 시작된다. 별의 커진 중력은 주변의 행성들을 모두 끌어당기고 난 후 더는 끌어당길 주변의 행성들을 찾지 못할 때 자신을 압박한다. 자신의 중력에 저항할 수 있는, 자신의 중력을 상쇄시켜줄 다른 행성이 존재해야만 자신도 존재할 수 있다는 것을 알고 있기 때문이다. 이처럼 지구도 지구의 중력에 저항할 수 있는 경쟁자(작은 행성이나 우주 물질 등) 혹은 주변 대상들을 모두 삼켜버리면서 결국 자신의 거대한 중력이 자신의 몸을 끌어당길 수밖에 없는, 자살의 운명에 놓이게 된 것이다. 슬프게도 별과 지구는 생존의 유일한 방식, 자신의 몸집을 불려나가는 것이 필연적인 죽음의 길로 접어드는 필연적인 과정임을 잊고 있었던 것이다.

지구는 우주의 수많은 원소 중 하나에 불과하다. 마치 지구의 한 분자인 산소같이 말이다. 원소들은 과도한 결합으로 인해 몸집이 커지면 불안감에 떨면서 끊임없이 자신의 일부를 떨쳐내려고 노력한다. 작아져야만 완전한 붕괴, 죽음에서 벗어날 수 있기 때문이다. 즉, 지구는 원소들처럼 자신의 불어난 무게를 줄여나갈 때 폭발이라는 죽음에서 벗어날 수 있다. 하지만 지금 지구의 무게는 여러 원소들과 인간에 의해 오히려 늘어나고 있다. 그래서 지구는 불안하다. 지진으로 땅이 갈라지고 바다는 해일로 요동치며 폭설과 폭염이 계절을 뒤흔들고 있다. 죽음의 징후들이 안개의 틈을 비집고 스멀스멀 기어나오고 있는 것이다.

마찬가지 이유로 인간도 불안하다. 인간은 지구처럼 자신의 몸집을 팽창시키기 위해 주변의 것들을 모두 독식하려 하고 그로 인해 자신의 중력, 즉 권력과 경제력이 무한히 팽창되고 있다. 결국 거대해진 특정 개인의 힘에 의해 자신의 중력을 빼앗긴 작은 개인들은 점점 사라져버리고 마침내 비대해진 개인은 자신의 중력을 상쇄시켜줄 어떤 대상으로서의 개인도 만날 수 없는 상황에 다다른 것이다. 하지만 인간은 자신의 늘어난 중력, 타인을 압도하는 생존의 방식이 죽음으로 가는 가장 확실한 수단이라는 사실을 인식하지 못하고 있다. 자신의 몸집이 더는 팽창할 수 없을 때, 자신으로 향하는 중력을 자신도 감당할 수 없을 때 비로소 그 무게 혹은 중력이 불러오는 죽음의 그림자를 보게 될 것이다.

"바다는 흐르는 것이 아니라 돌고 있으며, 우리는 앞으로 나아가는 것이 아니라 다른 방향으로 돌아오고 있는 것이다. 우리는 살기 위해 돌고 있고 죽음을 향해 돌고 있는 것이다."

별

공간 속에 사물이 존재한다.
사물이 공간을 만들고
나는 공간을 만들거나

혹은 빼앗는다.

도덕이 공간을 좁혀가고

텅 빈 공간이 나를 만들어간다.

분자가 다른 분자에게 손을 내밀어

공간을 탈취하듯

도덕과 도덕이 부풀어

공간을 먹고 자란다.

나는

좁아진 공간에서

숨이 막혀 피를 토한다.

우주는 사물이다.

그리고 공간이다.

우주가 불쑥 내게 말을 건네온다.

'너는 공간 속에 존재하는지

아니면 공간 인지를.'

순간, 영혼과 피를 삭혀

하나의 점으로 혹은

순간의 기억으로 남아

소리 없이 공간을 토해

짙푸른 하늘을 만들고 있는

별이 반짝인다.

신

11월 히말라야로 향하는 언덕, 티베트. 따가운 햇살 아래 아주 작은, 한두 명이 겨우 누울 수 있는 정도의 움막 한 채가 고독하게 서 있다. 이곳에는 그늘도 없고, 사람도 없고, 동물도 없다. 아무것도 없다. 오직 이 작은 움막밖에는. 그런데 그 움막에서 누더기를 걸친 한 남자가 굼벵이처럼 기어나왔다. 나는 너무도 반가워 그에게 슬쩍 말을 건넸다. "왜 이곳에 혼자 사세요?" 그는 아무런 대답도 하지 않은 채 가부좌를 틀고 움막 옆에 앉았다. "외롭거나 혹은 불안하지 않으세요?" 한참 후 그의 입이 천천히 열렸다. "인간은 불안의 파동 속에서 흔들릴 수밖에 없는 존재입니다. 불안이 사라질 때, 어떤 형태로든 움직이지 않을 수 있을 때 우리는 신에게 조금 다가갈 수 있을 것입니다. 저는 신을 기다립니다." 그 순간 나는 그가 힌두교 수행자라는 것을 알 수 있었다. "그렇다면 당신이 생각하는 신은 부동의 존재입니까?" 수행자는 웃으면서 고개를 저었다. "아닙니다. 부동의 존재가 아니라 움직임이 필요 없는 그래서 불안으로 움직이는 것들을 조정하거나 혹은 달래주는 무無, 그 자체이지요. 가장 확실한 존재로서의 무無, 존재자들의 흔들림이 들어갈 수 있는 확고부동한 것으로서의 무無, 그것이 바로 신입니다." 나는 수행자에게 되물었다. "그렇다면 신은 존재하지 않는 것입니까?" "아닙니다. 조금 전에도 말씀드렸던 것처럼 무엇보다도 확실하게 존재합니다. 무無로서."

'신은 존재하지 않으면서 존재한다.' 이 모순적인 말은 너무나 분명해서 잘 닦인 거울 같다. 신은 분명 우리 앞에 존재하지 않는 무無의 존재로서 존재한다. 인간의 의식 속에서 신은 존재할 수 없고 오로지 인간의 의식 바깥 너머에서만 존재할 뿐이다. 인간의 의식 속으로 신의 관념이 들어오는 순간 신은 더는 신이 아니다. 무한의 신을 유한적인 인간의 의식이 포용할 수 없기 때문이다. 무한이란 의식의 바깥에서 의식을 안고 있는 경계 없는 무엇이다. 무한이 우리의 의식 안으로 들어왔다면, 그것은 분명히 유한한 것이며 그렇지 않다면 유한한 것을 무한으로 착각한 것이다. 혹은 유한한 것이 우리의 의식이 끌어들인 것 중 가장 넓은 것이 '우주'라고 한다면 우주는 무한한 것이 아니라 시작과 끝이 분명하게 존재하는 유한한 것 중 가장 무한에 가까운 것에 불과한 것처럼 말이다.

존재자로서 존재하는 인간은 시간과 공간 그리고 자신 이외의 존재자들을 타자라는 대응물로 설정할 수 있을 때만 존재할 수 있다. 하지만 모든 타자 너머에서 그것들을 안고 있는 신은 타자라는 배경이나 대응물이 필요 없으며 시간과 공간, 타자의 바깥에 비존재자로서 존재하는 유일한 존재이다. 그런데 인간은 신을 의식 속으로 끌어들여와 타자화하고 지향한다. 그뿐만 아니라 신을 의식보다 좁은 언어로 형상화시켜 인간과 다르지 않은 혹은 인간보다 작은 경계를 가진 존재자로 전락시킨다. 언어는 무엇보다도 선명하고 다채롭게 신을 그린다. 그리고 그것을 담아낸 그릇, 불안이 만든 환각의 감옥, 경전을 인간들은 경계하며 동시에 숭배한다. 언어가 인간의 불안을 제거하고자 신과는 가장 거리가 먼 비인간적인 인간 혹은 나의 의식 속에서만 '완전한 타자'를 만든 것이다.

이처럼 인간이 목적 그 자체로서 지향하는 신이 언어 속에서 허구화된 채 태어나고 죽어간다. 그런데 인간은 결코 신을 지향할 수 없으며 지향해서도 안 된다. 지향이라는 것은 지향의 대상, 즉 경계를 가지면서 동시에 나와는 다른 존재자로서의 타자가 설정되어야 하며 그 대상을 향해 자신의 욕망을 투입하는 것이다. 하지만 경계가 없는 신은 어떤 타자의 타자가 결코 될 수 없다. 오히려 타자들의 뒤에서 혹은 타자들의 바깥에서 타자들을 타자이게 하는 무근거성으로서의 존재로 존재한다. 따라서 인간이 신을 지향

신에 관해 침묵하라.

그러면 신은 당신 곁으로 다가올 것이다.

하는 순간 신은 사라지고 인간과 다르지 않은 타자만이 인간 앞에 남게 된다.

그렇다면 니체의 "신은 죽었다"라는 명제는 신의 존재를 대상화한 것으로서 '신'이 아닌 '신에 관한 욕망'을 부정한 것이며 결코 '신'은 부정하거나 긍정할 수 있는 것이 아님을 보여준 모순적 주장이다. 이것은 불완전한 인간이 불완전성으로 인해 생기는 두려움을 제거하기 위해 완전성을 갖춘 타자로서의 신을 설정하고, 인간의 기대에 '신'이 부응하지 못한 것에 대한 실망의 표현에 지나지 않는다. 다시 말해 니체가 죽인 신은 유한의 인식이 만든 세계 내의 완전성으로서의 타자, 즉 인간들이 지향하는 대상으로서의 신이었기 때문에 그것은 인간과 다른 타자에 불과할 뿐이며 신이 될 수는 없는 것이다. 신이 죽을 수 있는 존재라면 그것은 이미 신이 아니기 때문에 니체는 완전성의 모순적 결과로서의 신을 만들고 동시에 죽인 것이다.

니체의 명제로 다시 돌아가보면, 인간은 불완전성이 빚어내는 필연적 두려움을 안고 사는 존재이다. 불완전성과 필연성은 멀리에서 온다. 다시 말해 완전성은 우리 가까운 곳, 유한의 세계와 의식에서 발견될 수 있는 것이 아니라 세계의 밖이라는 무한의 거리에 존재하는 관념이다. 따라서 완전성을 전제로 존재하는 불완전성의 인간은 무한의 거리가 빚어내는 필연적인 고독과 불안을 벗어날 수 없다. 결국 인간의 불안은 무한의 거리, 우리의 의식 밖, 세상 밖 너머의 완전성의 존재, 신의 존재 증명에 대한 간접적 표상이 되는 것이다. 신은 분명 존재한다. 하지만 인간 곁에 존재하지 않는다. 신은 우리가 지향하지 않을 때, 의식하지 않을 때, 인간의 세계 너머에 비존재자로서, 무無로서 존재하는 것이다.

이처럼 신은 모든 존재자의 존재에 관한 무의식적 전제로서의 공리이다. 이성과 논리의 뿌리인 공리는 동시에 이성적이지도 논리적이지도 않다. 만약 공리가 이성적이고 논리적이라면 그것은 이성과 논리에 의해 증명되는 인간적인 것에 지나지 않는다. 공리는 이성과 논리의 바깥에서 그것들의 권리를 통제하고 조정하는 존재론적 의무이며 비이성과 비논리적 모순 속에 기거하는 진리의 절대적 존재이다. 결국 이성과 논리라는 한쪽만의 지배를 받는, 그래서 영원히 완전성에 도달할 수 없는 인간은 공리의 통제 속에서 살아갈 수밖에 없게 된다. 따라서 불완전성으로서의 인간이 완전성에 조금이라도 다가가기 위해서는 이성의 닫힌 문을 열어 비이성적 세계, 모순과의 소통을 시도해야 한다. 광인의 손을 잡아라. 그리고 그의 눈을 보아라. 그의 눈 속에서 신의 그림자를 보게 될 것이다.

프란츠 카프카의 말처럼, 신과 대화를 나누는 것은 가능하지만, 신에 관해 말하는 것은 불가능하다. 신에 관해 침묵하라. 그러면 신은 당신 곁으로 다가올 것이다.

언 어

언어는 시체.

육신만 남아

썩은 악취의 앙상한

그 시간이 빠져나가 구멍이 숭숭 뚫린

그래서 어떤 것도 말할 수 없는

과거 인간들의 배설물이다.

그날들에 의해 포장되고 다듬어진

상처만이 살아 있을 뿐.

언어는 태어나면서 한 발짝 앞서

죽음으로 간다.

언어가 날개를 파닥이며

날아오르는 것은

굳어버린 시체 위에

붉은 립스틱을 바르고

눈썹을 길게 덧칠하는

창녀의 화장일 뿐.

언어는

우리의 입술에, 가슴에, 텅 빈 머리에

찢어지지 않는 그물을 던진다.

숨이 허우적거리는 우리는

그것의 입술에 키스해야 하는

가슴팍에 얼굴을 묻어야 하는

공포의 안락함으로

쓰러져간다.

언어 속에는 빠져나갈 수 없는

우리를 껍질로 만들어버리는

그 시간의 피와 단단한 웃음이

강철보다 힘이 센 논리의 감옥이

들어앉아 있다.

언어의 웃음소리가 쩌렁쩌렁하다.

시

8월, 파리 외곽의 한 공동묘지 몽파르나스에 도착했다. 여기에는 내가 가장 사랑하는 시인 보들레르가 묻혀 있다. 언젠가부터 나의 배낭여행은 그 나라를 대표하는 묘지들을 찾아가는 것으로 시작하는 버릇이 생겼다. 왜 그런지는 나도 모른다. 그냥 묘지 속에 잠자는 그들에게 무언가를 묻고 싶었다. 그것이 무엇인지도 잘 모른다. 그냥 나 자신이 그들을 좋아하고 있다고, 아마도 당신들이 묘지 속에 있지 않았다면 나는 당신들을 만날 수 없었을 것이라고 말하고 싶어서일 것이다. '특히 보들레르, 당신과 대답 없는 대화를 여기서, 당신의 묘지 앞에서 나누지 못했다면 나는 아마도 시를 그저 한 개인의 아름다운 예술 행위로 보았을 것이오. 나는 당신의

「액운Le Guignon」이라는 시에서 성화聖化된 세상, 그래서 두 눈으로
는 제거된 고독을 확인할 수 없는 그 무서움을 확인할 수 있었소.'

갖가지 꽃이 마지못하여

깊은 적막 속에

비밀처럼 부드러운 향기를 퍼뜨린다.

시는 아름다운 정원에 피는 장미의 향기가 아니다. 시는 척박
한 대지 위를 뚫고 오르는 울긋불긋한 잡초들의 핏줄이어야 한다.
척박한 대지 위에는 모순적인 것과 비모순적인 것들이 어지럽게
혼재해 있다. 모순적인 것들은 소수의 이름난 꽃들로 비모순적인
것들에 비해 화려하고 향기롭게 피어난다. 반면에 비모순적인 것
들은 모순적인 꽃들의 그늘에 가려 아주 작고 볼품없는, 그래서 이
름을 갖지 못한 것들로 자라난다. 일반적으로 이름을 갖고 있는 모
순적인 꽃들은 사랑의 대상물이다. 그것이 어떤 용도에서 힘을 발

휘하는지와 상관없이 인간들은 그것의 아름다움과 향기에 이성을 빼앗긴다. 이런 꽃들은 이성적인 것을 비이성적인 것으로 만드는 자신들의 절대적인 힘에 매혹된 인간들에게 인간들이 스스로 파괴에 이르도록 마법을 건다.

우리를 슬프게 하는 것은 이름을 가진 꽃들의 무더기이다. 이름을 가진 꽃 한 송이가 거대한 꽃무더기로 번져갈 때, 꽃밭이 온통 한 가지 색, 붉음으로 물들어갈 때 대지는 점점 말라가고 잡초마저도 붉은 색으로 변하고 만다. 그럴 때 우리는 거대한 아름다움의 절망에 갇힌다. 이에 반해 작은 아름다움은 상호 주체 간의 상대적 크기의 힘들이 대립적인 방향을 갖는 것을 지지하고 동시에 동일한 방향성에 관해 합의하지 않는 개별적 완전성에서 피어난다. 서로 간의 대비적이며 갈등적인 것에서 싹트는 개별적 고유성이 전체성 혹은 통일성과의 거리를 확보하면서 또 다른 개별적 고유성과의 공존을 시도할 때 작은 아름다움은 피어나는 것이다. 개별적 고유성은 전체성 혹은 통일성을 파괴하는 힘으로 작용하여 파편화된 조각들의 부조화를 생성해냄으로써 또 다른 개별적 고유성과의 공존을 유지할 수 있는 것이다.

하지만 시대는 개별적 고유성, 작은 아름다움을 버리고 그것들 너머의 거대한 아름다움을 이루기 위해 진보라는 이름으로 부조화를 파괴한다. 이런 과정에서 작은 아름다움은 타자와의 경계와 대립의 속성을 잃어버리거나 혹은 빼앗기게 되고 반복되는 패턴의 한 무늬로 자리 잡게 된다. 거대한 아름다움을 생성하는 주체들은 비이성적이거나 모순적이다. 다시 말해 넓은 꽃밭에 붉은 장미 한 가지만 넘쳐나게 된다면 그것은 아름다움이 사라진 그저 붉은 밭에 지나지 않는다는 사실을 모르고 있는 것이다. 거대한 아름다움에 관한 집착과 망상은 결국 작은 아름다움을 파괴하여 세상 어디에도 아름다움이 존재할 수 없게 만들어버린다. 붉은 장미가 붉은 장미의 아름다움으로 존재하기 위해서는 튤립, 백합, 그리고

그들의 색깔과 경쟁하는 잡초들이 서로에게 창끝을 겨누어야만
한다.

　창, 그것이 바로 시다. 거대한 아름다움을 노래하는 것들에
대한 파괴의 욕망을 자기의 몫으로 오롯이 받아들여 날카로운 창
끝을 다듬는 것이 시다. 또한 거대한 아름다움이라는 비이성적 이
상에 떠밀려 어둠 속으로 침몰하는 작은 아름다움의 고통을 끌어
안는 가슴, 그것이 시다. 그런데 시는 약하다. 하지만 그것이 오히
려 축복이며 희열이다. 약함은 자신의 고통 깊은 곳에 흔적으로 남
아 있는 진실의 형식을 끄집어내는 거울이다. 이 거울은 작은 아름
다움의 무의식적 고통에 맞닿을 수 있는 유일한 길이며 거대한 아
름다움의 모순을 비추는 도구가 된다. 즉, 시는 작은 아름다움의
내면에 웅크리고 있는 이방인, 거대한 아름다움에서 소외된 자아
들 간의 소통의 장을 마련한다. 그 장은 거대한 아름다움이 작은
아름다움의 육체와 영혼을 갉아먹는 그곳에 있다. 그곳은 날 선 창

파괴와 불분명함의 언어에 입 맞춰야 할 시인의 입은
장미꽃으로 붉게 물들어버린 지 오래다.

끝이기도 하다.

　따라서 시는 한순간도 눈을 감아서는 안 된다. 거대한 아름다움이 신화적 논리로 그들의 미적 형식을 신성화하고 이상화하는 것에 날 선 창을 겨누어야 한다. 신화적 논리는 아름다운 비눗방울과 같다. 비눗방울은 햇빛을 받으면 무지개로 반짝거리고 그 수가 늘어나면 화려한 축제의 장을 만들어낸다. 하지만 그것은 무딘 창 끝으로도 쉽게 터뜨릴 수 있는 거품이다. 그런데 거품에 지나지 않는 신화적 논리는 '우리'라는 집단의 마법과 손을 잡으면서 영원성과 견고함을 가진, 그래서 사라지지 않는 무지개로 변하게 된다. 결국, '우리' 속에 깃든 거대한 아름다움에 관한 숭배가 무지개 너머에 있는 모순적인 것들을 보지 못하게 만든 것이다. 다시 말해 반드시 지각되어야 하는 진실이 거대하고 동일한 것들과 결합되어 마치 하나처럼 보이면서 권력이 포장한 거짓된 아름다움의 그늘에 가려져 버렸다.

하지만 진실은 어디에나 분명하게 존재하고 있다. 다만, 서로 다른 것으로서의 개별적 고유성이 존재할 때 필연적으로 만들어지는 틈, 그 틈이 없어서 서로 다른 것들이 그 틈으로 비집고 올라오지 못한 채 땅 속에서 잠자고 있을 뿐이다. '우리'라는 동일성과 그것이 만드는 거대함에 관한 숭배적 관념이 '나와 너' 사이에 선명하게 존재했던 차이, 그 틈을 흔적 없이 메워버린 것이다. 갈라진 밭고랑, 작은 돌 틈 사이로 비집고 올라와 울긋불긋 제멋대로 자라던 들꽃들이 통일성의 폭력에 의해 장미의 붉음을 좀먹는 잡초로 치부되어 제거된 것이다. 그래서 날 선 창끝, 시가 필요하다. 거대하고 폭력적인 장미의 붉음(아름다움) 위에 날카로운 창끝으로 금을 내야 한다. 거대한 아름다움을 포장한 신화적 논리가 깨어지고 그 틈 사이로 진실의 얼굴, 이름 없는 작은 것들이 비집고 올라오도록 해야 한다.

시는 수만 가지 형상으로 향유될 수 있는 개별적 언어들의 집

합이다. 시의 언어는 신화의 불순물이 뒤덮은 단어들, 모호성은 사라지고 오로지 권력적으로 만들어진 절대적 단어들과는 다르다. 모호함과 분명함의 경계에서 끝없이 이중성을 즐기면서도 동시에 서로 다른 방향으로 나갈 수 있는 언어만이 날카로운 시를 완성할 수 있다. 그런 시들은 현실의 부조리를 들춰내는 은밀한 목소리이며 거대함과 싸우는 무기이다. 세상은 시의 언어가 만든 작은 것들의 정원이었다. 하지만 지금은 세상이 시를 지배하고 시의 언어는 어떤 것도 찌를 수 없는 무딘 창이 되어버렸다. 신화적 논리의 장벽을 넘어 악마의 언어, 파괴와 불분명함의 언어에 입 맞춰야 할 시인의 입은 장미꽃으로 붉게 물들어버린 지 오래다.

시

별의 소리를 빌려

바람의 눈물을 얻어

꽃의 유혹을 살짝 데처

매운 시간 위에 얹었다.

부러질 듯 얇은 젓가락으로

휘청휘청 비벼낸 양푼 비빔밥

아버지는 맛이 없다며

순가락을 내려놓으시고

한참을 바라보며 혀를 차시던

어머니는 "애야, 그게 밥이 되겠냐?" 하시며

눈보다 하얀 쌀밥을 불쑥 내미신다.

부유하는 단어들

ⓒ 최인호, 2015

초판 1쇄 2015년 2월 25일 펴냄
초판 3쇄 2015년 12월 18일 펴냄

지은이 | 최인호
펴낸이 | 강준우

기획 · 편집 | 박상문, 박지석, 박효주, 김환표
디자인 | 이은혜, 최진영
마케팅 | 이태준, 박상철
인쇄 · 제본 | 대정인쇄공사

펴낸곳 | 인물과사상사
출판등록 | 제17-204호 1998년 3월 11일

주소 | (121-839) 서울시 마포구 서교동 392-4 삼양E&R빌딩 2층
전화 | 02-325-6364
팩스 | 02-474-1413
www.inmul.co.kr | insa@inmul.co.kr

ISBN 978-89-5906-317-8 03810
값 13,000원

이 도서의 국립중앙도서관 출판시도서목록(CIP)은 서지정보유통지원시스템 홈페이지(http://seoji.nl.go.kr)와
국가자료공동목록시스템(http://www.nl.go.kr/kolisnet)에서 이용하실 수 있습니다.
(CIP제어번호: CIP2015004268)